U0927377

初恋爱

长篇小说

九夜茴 作品

江苏凤凰文艺出版社
JIANGSU PHOENIX LITERATURE AND
ART PUBLISHING, LTD

图书在版编目（CIP）数据

初恋爱 / 九夜茴著. — 南京：江苏凤凰文艺出版社，2014（2014. 12重印）
ISBN 978-7-5399-7663-1

Ⅰ. ①初… Ⅱ. ①九… Ⅲ. ①长篇小说 – 中国 – 当代
Ⅳ. ①I247.5

中国版本图书馆CIP数据核字(2014)第205780号

书　名	初恋爱
著　者	九夜茴
责任编辑	孙金荣
特约编辑	李玉峰　刘昕婷
文字校对	文艳丽
封面设计	赵　颖
出版发行	凤凰出版传媒股份有限公司 江苏凤凰文艺出版社
出版社地址	南京市中央路165号，邮编：210009
出版社网址	http://www.jswenyi.com
经　销	凤凰出版传媒股份有限公司
印　刷	北京兆成印刷有限责任公司
开　本	700毫米×1000毫米 1/16
印　张	15.25
字　数	202千字
版　次	2014年12月第1版　2014年12月第2次印刷
标准书号	ISBN 978-7-5399-7663-1
定　价	29.80元

（江苏凤凰文艺版图书凡印刷、装订错误可随时向承印厂调换）

致亲爱的，亲爱的，亲爱的你：

请原谅我。

当幸福的时候，我不会记得你，我默默忘了你。

当不幸的时候，我不会忘了你，我深深记得你。

但请相信我。

我知道那段时光有多么纯粹美丽。

我知道我们都被疼爱珍惜。

我知道你还在那里。

永远在那里。

初恋爱

目录

第一最好不相见，
如此便可不相恋

北京太大了，

去什么地方都感觉很远，

想起谁都感觉很远。

所以温静一直尝试着不想杜晓风，

刻意将七年的感情压缩成小小的一块石头，

抛到时光背后。

和其他人说起时，也只是淡淡一笑。

可是她知道，明明不是。

1

温静躺在床上，听完手机闹钟一整首《北京欢迎你》，才慢吞吞地爬了起来。

今天是周末，上周高中同学在人人网上约了一起聚会，据说是难得整齐的一次，想想也是，连她这样毕业后基本淡出大家视线的人都被通知了，说明的确算得上大规模。

温静本来不想去的，比起和旧时同学回忆往事，她更想在家好好睡一觉。她没有苏苏那么大的热情，工作很辛苦，加上拥挤在地铁里的时间，温静每天至少有 12 个小时是在外面度过的。一直以来让她骄傲的有历史感、凝重、宏大的北京，现在反而成了负累。

北京太大了，去什么地方都感觉很远，想起谁都感觉很远。

所以温静一直尝试着不想杜晓风，刻意将七年的感情压缩成小小的一块石头，抛到时光背后。和其他人说起时，也假装只是少年时代稚嫩的迷恋，淡淡一笑，叹惋两声人生若只如初见也就罢了。

可是她知道，明明不是。

温静和杜晓风是去年才分的手，他们从高中二年级开始好，分手时都已经工作两年了。在温静戏谑着干脆赶在奥运会那天扎堆结婚时，杜晓风喜欢上了别人。很无奈，很残酷，但是仍然是很多人都经历过的事，以至于找到苏苏倾诉，温静却实在说不出什么来了。再多的忧伤、哀愁、幽怨等等美丽的形容词结合起来，也都是在显示着很简单的事实：杜晓风不爱她了，他喜欢上别人，然后甩了她。

温静见过那个女孩，也不能说多么的漂亮，但是很可爱，很爱笑，和杜晓风逛街时还能蹦蹦跳跳的，一会儿在他左边，一会儿在他右边。温静远远地看着他们，心里想，哦，他现在喜欢这样的女孩子啊，然后就转身走了。

她是躲在杜晓风住的地方看见他们的，单元门外有一大丛丁香，杜晓风毕业租房时一眼就看中了这里，他说丁香的味儿和温静身上的味儿很像，这样每天路过这丛丁香就能想起她了。

可是如今温静就躲在这丛花背面，杜晓风却一点儿没发现她。他只是拉着自己的新女友，熟练地掏出钥匙开单元门。钥匙圈上挂着的 CS 玩偶，还是温静送的。

七年的感情不可能让她甘心放手，苏苏那时给她出主意，每天从 MSN 上发给她很多打败小三抢回男友的帖子，让她借鉴。而看到别人形形色色的苦痛，温静总会感同身受，跟着掉几滴眼泪，然后咒骂"小三年年有，最近特别多"。

温静也确实想过捍卫自己的爱情，可是当她看到那个女孩时，她放弃了。让她怎么做？带着棒球帽，穿着颜色鲜艳的 T 恤和七分裤在杜晓风身边转来转去？把自己弄得可怜点，利用杜晓风的同情心和良心？或者打着最后做一次的旗号，然后故意让那个女孩子知道？这些也许对杜晓风管用，但是温静自己却受不了。

杜晓风是她的初恋，她对他蕴藏了所有的美好梦想。所以杜晓风打破的不仅仅是他们七年的缱绻，还有她心尖上最珍惜的那一缕淡淡情思，这是永远没办法挽回的。原来温静觉得初恋就像晶莹的水晶，无论以后经历怎样的恋爱，都会闪着不可磨灭的光亮，可现在她知道，那不过是捧在手心的水滴，稍微一松手就不见了。

或许人人都享受初恋，不管成功与否，不管经历了怎样的尴尬，不管那个人变成什么样子，在多年之后，仍旧会带着微笑谈起，一副念念不忘的样子。苏苏就是如此，她总爱聊起孟帆，那也是她们的同班同学，很清秀安静的男孩子，他的初恋就是苏苏，而苏苏却没和他好。苏苏那时喜欢一个特别开朗的男生，是足球队的前锋，她们开玩笑地叫他足球小将。

"那时孟帆问过温静很多次我家的电话，是吧？"苏苏说起这段时眼睛都要亮一下，带着特有的俏皮，仿佛还是十几岁的小女孩。

"是啊。"温静总是配合地回答。

苏苏眉目含情，一脸满足，笑着说："可他却最终没给我打过，只有几次，我接起来那边却不说话，那一定是他。孟帆就是那样的人，他太害羞了，不然我也许就和他好了呢！哎，其实班上有很多女生喜欢他的，是吧？"

"是啊。"温静答。

这段话已经重复了很多次，温静知道苏苏接下去就要讲和足球小将的故事了，中间她还会说好几次"是啊"。

相对来说，苏苏也会很配合温静。

"她最幸福了！杜晓风就是她的初恋！初恋好到现在，绝对是奇迹！是吧？"苏苏每次都要大惊小怪一番，周围的人也一定艳羡着附和。结果轮到温静说初恋的时候，她还是只能说"是啊"。

但是温静很满足，她一直对自己的初恋非常满足。第一个喜欢的人，就是自己最后的那个人，这么完美的初恋连温静自己都觉得不可思议，以至于渐渐忽略掉岁岁年年背后产生的那些问题。所以虽然她也很想像苏苏说起孟帆和足球小将那样，给那些人讲讲她和杜晓风的事，但是每每被苏苏抢先替她略略几句说完，她也没什么不乐意的。毕竟别人的初恋都只剩下了故事，而她的则是继续进行的事实。

如今她的初恋也变成了故事，但是她却永远不会去给任何人讲这个故事。因为把初恋谈到不该是初恋的年纪再结束，就已经不是故事，而是尴尬的笑话了。

温静还在品味个中辛酸的时候，苏苏的电话打了进来。

“温静，你起了吧？别变卦啊！说好去的，你不去别人一定会说，杜晓风甩了你，你一蹶不振，不能面对他了。”

“我去，只是在挑穿哪件衣服。”温静从床上坐起来，随便扯了个谎。

“那就好！穿漂亮点！上次咱们去‘燕莎’买的裙子，就那个吧！”苏苏擅自张罗着。

“好好。”温静笑着挂了电话。

她打开衣柜，翻出了那件宝姿的裙子，挺贵的，两千块，是刚分手时和苏苏扫街一咬牙买的。温静套上了那件裙子，拉上拉链，照照镜子，不禁笑了。腰间宽裕出两寸多，这一年多竟然又瘦了，果然衣带渐宽。

温静索性脱下裙子，随意挑了一件平时的开衫穿上。其实今天无论她表现出什么样子都是在说谎，苏苏说的那些才是事实：杜晓风甩了她，她一蹶不振，不能面对他了。

温静有些后悔逞强答应苏苏去了。

2

温静迟到了些，她还没走进饭馆的包房，就被恰巧出来上厕所的苏苏拉住了。

“你就穿这身？！”苏苏惊讶地拎起她的袖子说。

“怎么了，不挺好吗？”温静笑着拍下她的手。

“我服你！好歹化个妆吧！”苏苏翻白眼。

“像弃妇？”温静只是想开个玩笑，自己却有点禁不住难受起来。

苏苏没看出温静的脸色，诚实地点了点头，拉着温静一起去了厕所。

穿过窄窄的走廊时，温静鬼使神差地问：“他来了吗？”

“来了。”苏苏打开女卫生间的门，扭过头说：“放心，只是一个人，没带家属。”

温静下意识地吁了口气，事到临头她才知道，自己远没有预计得那么坚强。痛苦很近，爱恋太远，还没整理好心情的时候，相见的确不如怀念。

苏苏把化妆包递给温静，看着镜子里的她漫不经心地涂睫毛膏，说：“杜晓风没怎么变，还那样儿，看见我倒是有点不好意思，跟我打招呼都没敢抬头，他怕我骂他。”

“他不怕。”温静抿了抿嘴唇说，“怕他就不来了。”

“为什么？哎，再抹点唇彩。”苏苏掏出一个 Shu Uemura 的唇彩扔给温静。

“旧情人要有这么大的威力，还怎么会是旧情人？”温静淡淡地说。

“那不一样！你是他初恋啊！”苏苏不服气地说。

“我们的初恋大概在 17 岁就玩完了。”温静扭上了唇彩的盖子，看了看 Shu Uemura 的标签，笑着说，“你什么时候开始用这么大牌的化妆品了？”

“昨天。”苏苏眨眨眼说，“同学聚会是一定要舍本的时候，今天咱们班所有女生的装束加起来，绝对够买一辆 polo 了！”

"二奶车？"温静笑起来。

"是，不过你这身……"苏苏上下打量着温静，"只够贡献个方向盘套。"

温静掐了苏苏一把，两人笑着挽着手走了出去。

"今天孟帆也许会来！"苏苏憧憬地说。

"哦，好像毕业后就没再见过他，他干吗呢？"温静心不在焉地说，离包房越来越近了，她又忐忑起来。

"在杂志社啊！你忘了？上次聚会不是说了吗，我还特意买了一本他们的杂志看！"苏苏惊诧温静的健忘，"有一篇游记是他写的，介绍南丫岛，你还夸他文笔好呢！"

"哦，对。"温静怔怔地看着包房的圆形复古门把，她们已经走到了门口，温静觉得自己的心跳声清晰可辨。

"今天他要是来了，我就问问他南丫岛好不好玩，他肯定吓一跳，猜不到我会看他写的文章！"苏苏一边说一边推开了门。

门打开的那一刹那，温静觉得就像电影慢镜头一样。有别于走廊昏黄的灯，明亮的光一缕缕洒了出来，甚至让她不得不微微眯了下眼睛。说笑的人声一涌而出，的确来了很多人，大圆桌都坐满了，一张张面孔既熟悉又陌生。然而就在这群人中，即使温静并不情愿，她还是第一眼就看到了杜晓风。

杜晓风可能看向了她，也可能没有。他们眼神交错的时间太短，以至于都没办法判定究竟有没有那么一微秒是真切对视上的。

同学们热情地跟温静打着招呼，温静一一笑着问候，班长张罗着加座。大家多少都知道他们分了手，也没再像从前一样，一定让温静和杜晓风坐在一起，温静走过杜晓风身边，挨着苏苏坐了下来，和他中间隔了三个位子。

"温静你一点都没变！"女生们叽叽喳喳地说。

"是吗？"温静淡淡地笑。

这样的话说不好是不是称赞，也许是想说她长得显小，还是学生样，但女孩到了二十几岁，怎么也应该变明艳些吧？

"杜晓风倒是变帅了啊！"

杜晓风笑了起来，温静不动声色地举起茶杯，心里却微微一颤。

果然如此，她没变，他却变了。早一步跳脱的人，总是会更洒脱一些。

班长起身接了个电话，笑盈盈地走过来说："焦磊在路上呢，他说晚点到，让咱们别等他吃饭，一会儿直接去钱柜找咱们。"

"那孟帆来吗？"温静问，她知道苏苏一定很想知道孟帆的消息，但她自己又不好意思明说。

"应该也来，我没有他的联系方式，让焦磊通知他的。"班长说。

苏苏感激地看了温静一眼，可她还没来得及收回欣喜的眼神，就被人点了名。

"我记得原先孟帆喜欢苏苏吧！"

众人哄笑起来，苏苏红了脸嚷嚷："别瞎说！"

"怎么瞎说！孟帆的初恋就是你！那时他老拜托我安排你们俩一起做值日生！"

生活委员跳出来证明，这么一说温静也想起来了，孟帆的确总是和苏苏一起做值日。那时每天温静都和苏苏一起回家，苏苏和孟帆做值日时，温静就坐在教室里等着他们。她现在还能恍惚记得那时的情境，黄昏使教室泛着暮色的光晕，窗帘被微风掀起一角，大概是因为都有些害羞，孟帆和苏苏分别站在黑板的两端，局促地擦着黑板。两人的动作很慢，一边擦一边渐渐靠近。有时他们会因太关注对方的动作而不小心碰翻了粉笔盒，两人手忙脚乱地捡，温静看着便偷偷地乐。

同学们打趣得更厉害了，苏苏应接不暇，但羞涩的目光中却透着丝丝温暖笑意。温静有点羡慕苏苏。

“苏苏，你怎么喜欢二班踢足球那个小子啊？孟帆等了你两年呢！”

“我又不知道他喜欢我……”苏苏嘟嘟囔囔地说。

“怎么不知道？全班同学都知道他喜欢你！”

“他自己不告诉我呀！”苏苏申辩。

“孟帆太内向！可惜了，要不你们凑一对多好！”

“是啊！便宜了二班那小子！”

“咱们班怎么没成一对啊！”

“有啊！杜晓风和温静不就是初恋吗？”

七嘴八舌在这么一句煞风景的话中戛然而止，所有人的目光纷纷落在杜晓风和温静身上。杜晓风一副若有所思的样子，而温静这回真的不知道该拿什么来掩饰了。

然而就在温静苦思冥想如何躲过这尴尬的时候，杜晓风却开了腔，他喝了口茶，放下茶杯时不小心磕到了玻璃转盘，发出了轻微的声响。

“不是。”杜晓风缓缓地说，“我的初恋不是温静。”

温静抬起头，对上了杜晓风的眼睛，一直以来悬于她心尖的那一点悸动，终于停下了。

3

“初恋又不是说两个人交朋友才算，单恋也算吧！今天坦白，我军训那会儿偷偷喜欢刘欣然来着！本来准备表白，结果一不小心被焦磊捷足先登了！你说他也没追成，还耽误我，要不指不定现在谁跟谁呢！”杜晓风嬉笑着说。

刘欣然一下子红了脸，男生们纷纷起哄，非让他们碰个杯。杜晓风也不扭捏，大方地举杯送到刘欣然身前，刘欣然接过杯子时两人不小心手指交错，大家就又笑了起来。

温静也混在人群中笑着，仿佛眼前的一切事不关己。然而她眼里却掩藏不住冰冷的绝望，原来晚一步抽身而退就要身受重伤，原来多年的纠结只是她独自的心病，原来她没资格抱怨，原来她根本就不是他的初恋。

温静没问过杜晓风关于初恋这个问题，她只知道杜晓风以前没有过女朋友，她是他的第一个，他也是她的第一个。也许就是第一个这样别致新鲜的误导，让温静笃定他们是彼此的初恋。

青葱岁月里的杜晓风远没有现在大方，他只是略显顽皮的篮球少年，坐在温静后面，故意踹踹她的凳子，强装着很有派头，不客气地说：“忘带语文书了，看一本吧。”

温静皱着眉，一副不情愿的样子，拿着书转过身去。他们斜坐着，趴在课桌上一起看课文，好像都不乐意，但其实心里都是暗暗高兴的。

讲《荷塘月色》时有一句：“于是妖童媛女，荡舟心许。”两人都扑哧笑了出来，苏苏的大名叫苏媛，不由回头狠狠瞪向他们，班上的同学看见他们笑了，也都跟着笑起来。温静和杜晓风各看了对方一眼，眉梢眼角间的笑泄露了心底间的秘密，少年时的喜欢，不过就是你一眼、我一眼的事。

喜欢这东西，不确定的时候在猜，猜得八九不离十了，又有点躲着。在课桌间、楼道里、操场上无数次深深浅浅的眼神交错中，温静反倒不敢再像平时那样自然地和杜晓风做冤家对头了，好几次脸对脸地走过去，两人都慌忙往别处看，而走过之后，又都偷偷找机会回头看。

后来还是杜晓风先开的口，向温静表白那天是个夏日的清晨，两人一起码车，学校的老槐树上有蝉的声音，温静时不时抬头看看，倒不是蝉声有多大的吸引力，而是杜晓风的目光让她有些紧张。人来人往的自行车棚让杜晓风出了一脑门的汗，他时不时地看表，怕错过这个好不容易计划来的时机。

车棚里的自行车渐渐满了，温静已经背上了书包，隔壁班的小胖子却还在慢腾腾地锁着车，杜晓风恨不得一脚把他踢走。

眼看温静就要往回走了，杜晓风鼓足勇气拉住她的书包带，壮着声势，一股子痞味儿地说："喂，你等一下！"

"干什么？"温静回过头。

"那个……"杜晓风顿了顿，回头看看，确定那个小胖子听不到，才压着声音说，"温静，你喜欢我吗？我有点儿喜欢你。"

初夏的太阳仿佛一下子提升了温度，温静觉得自己的脸颊热了起来，她抿着嘴唇，愣愣地看着杜晓风，心里一半高兴，一半生气。

喜欢就是喜欢，什么叫有点儿？

"你说话啊！"杜晓风的脸红透了，眼睛里明明都是期盼，但说出话来还是一副恼羞成怒的样子。

“我……”

温静的话只传出了一个字，就被身后噼里啪啦的声音掩盖了。两人一起回头看，小胖子不好意思地看着他们，他的自行车带倒了刚刚码好的一排车。

“你干吗呢！”杜晓风怒气冲冲地说。

“算了算了。”温静放下书包，走了回去。

杜晓风竟然很听话地闭嘴，跟着温静一块，一辆辆地扶起倒成一片的自行车。

“喂，你刚才说什么了？”杜晓风憋不住问。

温静哼着“不爱那么多，只爱一点点”，摇摇头说：“没什么呀。”

“什么没什么！你到底喜欢不喜欢我呀？”

温静仍然哼着歌不说话，她看着傻乎乎的露出焦急表情的杜晓风，忍不住笑了。

从饭馆出来，一帮人马上热热闹闹地继续下一摊，直接来了钱柜。本来温静真的不想跟着了，但是苏苏死活拽着她。

“我陪你挺住了杜晓风，你怎么也要陪我等到孟帆！”苏苏咬牙切齿地说。

温静无奈地点头，顺便提醒：“别瞪眼，假睫毛要掉了。”

坐在包厢里的杜晓风应对自如，早没了当初的青涩。

熟悉的音乐声把少年往事穿越时空带到眼前，温静轻轻按了按脑袋，不知道谁竟然点了这首老掉牙的歌。

“《只爱一点点》，杜晓风，和刘欣然对唱吧！”

男生们仍然抓着刚才的恶趣味不放，看着杜晓风和刘欣然被簇拥到屏幕前，温静别开了眼。

也没什么，不过唱首歌。

温静最初就是这么想的，然而，当“不爱那么多，只爱一点点”的前奏声响起，温静却真的有点撑不住了。屏幕中巫启贤的脸孔渐渐模糊，那么多情歌对唱，为什么偏偏选这一首呢？

苏苏拉住打算起身的温静说：“别走，现在走就是你输，之前都白搭。”

“我想去厕所。”温静憋着眼泪，勉强微笑着说。

“忍忍吧，真的那么急？”苏苏有点不相信地说。

“真的，肚子疼。”

心也疼。

温静站了起来，用自认为最优雅的姿态，狼狈地走出了包厢。

在化妆间里温静想洗把脸，但看着镜子里自己脸上轻描淡抹的昂贵彩妆，她只能无奈地抬起头。

据说使劲睁大眼就可以不流泪，于是温静狠狠地瞪着化妆间的顶灯。她保持着昂首挺胸的姿势待了10分钟，泪水果然没有流下来，那股苦涩都顺着鼻腔化到心里去了。

虽然很没出息，但是她就是忍不住难受，杜晓风的话推翻了她珍藏的曾经。温静心疼时光那头小小的自己，那个站在自行车棚下灿烂笑着的16岁女孩。

杜晓风，杜晓风……

曾经用尽全力的呼唤，终于只变成一声叹息。

温静吸吸鼻子，确定脸上没留下悲伤的痕迹，才慢慢地打开了门。然而她一出来却愣住了，杜晓风就站在化妆间外，好像在等她的样子。

见到温静，杜晓风仔细盯着她的眼睛看，等温静看向他，他又躲闪地低下头。

温静方才整理好的心情就被这一眼消耗掉了一半，两个人面对面站着，谁都没有动。

“我……”杜晓风往前走了一步，他还没说出什么，手机就响了起来。

周杰伦吐字不清的唱腔在狭小的空间里一遍遍回放，杜晓风怔了怔，接起了手机。

温静望着虚无的空气猜测，刚才他距离自己大概只有10厘米。

“喂，嗯……唱歌呢。”

杜晓风转过身，压低了点声音，温静看着他的背影，澎湃的心一下子就冷了。

是那个女孩的电话。

“不回去，估计得10点，你别等我了……我知道……没有……我说没有就没有……瞎闹什么呀……嗯乖……拜拜。”

杜晓风挂上电话，温静没等他转过身面对自己，猛地往前走去。

“哎！温静！”杜晓风忙跟上她。

温静没有回头，她不能回头，如果看了他，那么今天的所有努力都会功亏一篑。

面对杜晓风不爱她的事实，她还是会哭的。

走到包厢门前，温静恰巧碰见了迟到的焦磊。为了摆脱身后的杜晓风，温静忙上前搭话：“焦磊！大家都等你呢！”

“不好意思！公司有点事！”焦磊笑着说，他看见温静身后的杜晓风，走过去拍拍他的肩膀说，“晓风，你也来了？好久不见啦！”

杜晓风点点头，好像刚上厕所回来，自然极了。

“快进去吧！”温静推开包厢的门说，“对了，孟帆呢，他怎么没跟你一起来？”

焦磊站在门口，默默停住了脚步。

苏苏坐在屋里面，看见出现在门口的焦磊，眼睛里马上闪出了期冀的光。她微微侧过头，向焦磊身后望去，盼望着那个记忆中的白衣少年。然而她却没有看见孟帆，只看到了温静骤然苍白的脸。

“孟帆……前几天去世了。”

第二最好不相知，
如此便可不相思

“他去槐荫区，说要拍槐花的照片，

回北京的时候遇到了车祸。

死去的时候，他很安静，

就像睡着了一样。

司机说，

他闭上眼睛前是说了些什么的，

但是他们都没听清……”

1

谁也想不到，那天的聚会是以静静的哀思结束的。

“他去槐荫区，说要拍槐花的照片，回北京的时候遇到了车祸。”

“没有外伤，干干净净的，大概是伤到脑子了。”

“死去的时候身边没有亲人和朋友，他只是孤单的一个人。”

“很安静，就像睡着了一样。”

“司机说，他闭上眼睛前是说了些什么的，但是他们都没听清……”

焦磊缓缓地讲述着孟帆生命的最后一刻，温静不知不觉地流下了眼泪，她仿佛看见了槐花纷繁的重影中，那个静谧少年淡入花香的残像。

亡者远去的身影使人世间所有扰乱的情丝都平静了下来，初恋也好，杜晓风也好，仿佛一下子失去了惆怅的味道。温静只是仔细地回想着孟帆的样子，可是不知道为什么，记忆中的这个人总是模模糊糊的。

苏苏抽泣的声音惹得人一阵心酸，温静握住了她的手，苏苏的掌心一片冰凉，有一点阴湿的汗，就像刚在冷水里泡过。

“苏媛，你去送送孟帆吧。”焦磊郑重地说，“他下周末火化。”苏苏使劲点点头，眼泪晃落在了温静的手背上，这一滴泪是那一天里温静唯一感到热的东西。

孟帆的葬礼很简单，也许是太年轻了，没有那么多的人生可追溯。去的人也不多，温静看了看，大概只有他们几个和大学的一些同学，同事中来了像是领导的人，站在旁边一副快睡着了的样子。

虽然同学聚会那天说好了都要来参加葬礼，但是真正来的也没几个人。孟帆是转校生，人又格外安静，所以在班里没什么特别要好的朋友，大概能记住他的只有苏苏和偷偷喜欢过他的女生。

整个追悼室显得很空旷，白色的花圈都是重复利用的产品，每次只用更换挽联就好了。陪着孟帆父母站在一起的是一个和他们年纪相仿的女孩子，每个遗体告别的人走过，她都跟着鞠躬回礼。焦磊悄声说她是孟帆的女朋友，叫晓兰，两个人好像已经谈婚论嫁了。

躺在花丛中的孟帆有着一种独特的美感，这么形容一个去世的人有些不妥当，但是温静在看见他的刹那就是这么想的。就像焦磊说的一样，即使死于车祸，孟帆仍然干净清新，在光线的照射下甚至笼着一层透明感。也许整理遗容的人也分外可惜这么漂亮的少年早夭，所以在最后一程替他梳理得格外安详，从温静这个角度看，他的嘴角仿佛还带着微笑。

看到可能是幻觉中的微笑，温静才真切地记起了孟帆的模样。面对已经没有生气的面孔才回忆起他生前的容貌，终归是件很抱歉的事，温静轻轻鞠了一躬，把白菊放在了他旁边，而苏苏则又哭了好一阵。

从追悼室出来，灿烂的阳光晃得人几乎睁不开眼。温静陪着憔悴的苏苏坐在一旁，焦磊和几个男生商量着要去哪里吃午饭，有的说川菜，有的说粤菜，好像又是一次聚会。

逝去的人逝去了，活着的人还要继续活着，或真切或模糊的记忆最终都要一炬成灰，人生不过如此，温静突然觉得自己和杜晓风较真过往没什么意思。

“请问……”

温静被打断了思绪，晓兰站在她们身后，微微弯着腰说话，“你们是孟帆的高中同学吧？”

温静忙站起来说：“是的，有什么需要帮忙的吗？”

晓兰摇摇头说：“没有了，谢谢你们今天能来送他。”

说着她的眼圈又红了。

“我们应该的，请节哀。”温静说。

晓兰擦了擦眼睛说：“虽然现在问这个不太合适，但是我还是想知道，有件事他一直没准确地告诉我，嗯……以后也不会告诉我了，可我真的很想知道……”

温静认真地听她说着，晓兰有点紧张，但是能看出来是下定了决心的。

“他初恋的女孩是谁？你们……谁是他那时喜欢的那个人？”

温静愣住了，晓兰抬起头，眼睛里没有一丝嫉妒的神色，就像一个等待谜底的孩子，虔诚地看着她。

“这个……”温静看了苏苏一眼，苏苏垂着眼睛没什么表示，温静想她应该也没什么不乐意的，就指了指苏苏说，“那时孟帆喜欢的是她。”

苏苏向晓兰点点头，晓兰释然地笑了，说：“你能来他一定很高兴。”

苏苏没想到她会这么说，有点尴尬地解释：“我和他没什么的……”

“他很喜欢你。”晓兰抿着嘴淡淡地笑了笑，“我们刚开始好的时候，他就跟我说过了，让我允许他在心里留一块地方放着你，我那时还吃醋了呢！”

苏苏红着脸，眼角微微湿润了。

“你们那时候很好吗？”晓兰问。

“没有的。”苏苏说，“他没跟我说过他喜欢我，都是同学间说的。”

“原来是单恋呀！活该！”晓兰松了口气似的，笑了笑说：“他是胆小鬼，到死都没跟你说出口。如果不是我说，他的初恋就彻底泡汤了。这个笨蛋真应该好好谢谢我！对吧？”

苏苏颤抖着点了点头，哽咽地说："谢谢！"

"可是如果他还活着，我是不可能这么若无其事跟你说话的……"

晓兰捂住脸哭了，站在温静和苏苏中间的她显得格外孤单，苏苏上前一步，轻轻抱住了她。初春的风还带着一点寒，绕过她们，轻轻吹拂起了白色的纸花。

温静愣愣地看着，她被孟帆感动了，因而心里更加难受，为什么他能把初恋记到生命最后，而她的初恋在活着的时候就丢了呢？

2

孟帆去世后，他生前最后一篇稿件被刊登了出来。

温静是在地铁旁的报刊亭买到那本杂志的，那天她本来想买《时尚芭莎》，翻钱包时掉了钱，她弯腰去捡，正巧看见了堆在角落里的《夏旅》。这显然是小众的杂志，靠着广告存活，实际上并没什么人看，第一本上面还有个清楚的高跟鞋脚印。

恍惚记得孟帆任职的杂志就是叫《夏旅》，温静拿起一本，掸了掸上面的土，翻了开来。于是她看见了孟帆拍下的槐花照片，还有他的那篇文字——《又到槐花飘香时》：

几乎每一所学校里，都会有一棵槐树，而每一棵槐树下面，都会有很多被遗忘在似水流年中的故事。

第一次见到她，就是在槐花飘香的时候。

我是转校生，那天是到学校和老师见面，准备第二天正式上课。她正好放学，走过我身边时很自然地笑着跟我说："拜拜！"

我认识她吗？

因为太认真地在想这个问题，我甚至忘了回复她一句"拜拜"。她背着书包，一边和同伴说着话，一边又回头冲我笑了笑。当我终于确定，我并不认识她的时候，她已经跑下楼梯了。

我们的开头并不美好，还不认识，就先宣告了"再见"，现在想想多少有点不吉利。

然而在那时，我却感觉很温暖，在陌生的校园里，有了向我微笑的一个女孩。

有人会因为一句再见而喜欢上别人吗？

我相信一定有的，年少时我们有足够多的理由去认认真真地喜欢另一个人，而长大后我们有同样多的理由去认认真真地辜负另一个人。所以最初的那些稚嫩感情，偏偏会记住一生。或许真的是，好年月，旧时光。

我就这样一直羞怯地、默默地喜欢着她。

每学期都仔细地抄下课表，计算音乐课和实验课上与她的距离；骑车上学时故意早转一个路口，期待在她家的那条路上能看到她的身影；不自觉地哼唱出她喜欢的歌；从来不和她聊天，但是却清楚地记得她哪天剪了刘海，哪天包了新的书皮……

以这种不为人知的方式喜欢着她，因为她喜欢着别人。

毕业那天我坐在槐树下想，要不要告诉她，我的初恋。我坐了很久，肩膀上落满了槐花。我最终没有说。

如今时间已经把我们分开了，总有一天她会忘了我，也许现在就记不清楚了。没关系，我偷偷享受了独一无二的初恋，连她都不知道，在被遗忘的时光中，在她记忆的阴影里，有一个人一直在惦记着她的幸福。

这是我最甜美的秘密。

照片中的槐花，在我按下快门的时候飘落了。而我心里的槐花，就在那里静静绽放着。

哦，对了。

我和她说过的最后一句话是："拜拜！"

温静看完最后一个字的时候，从树上飘落了一片槐花的花瓣。花瓣就落在孟帆的落款旁边，在他的名字上，还有一个黑框。

这个带黑框的名字明明标示着死亡的阴郁，而温静却感觉到前所未有的温馨。她仿佛能闻到学校那棵老槐树下阵阵的槐花香气，在明亮的教室里，孟帆一脸宁静地坐着，他望向窗外，手里的圆珠笔转了个圈。窗户的玻璃上，映出了苏苏和温静年轻的笑脸。

温静合上杂志，拿起手机拨通了苏苏的电话。

"你还记得和孟帆说的第一句话是什么吗？"

"hi 或者 bye？"苏苏沉吟了下说，"怎么了？我记不清了。"

"是 bye。"温静笑着说，"去买《夏旅》吧，不看会后悔的！"

那天晚上，苏苏带着杂志住在了温静家。两人挤在温静的床上，只开一盏台灯，有一句没一句地聊着天。她们从高中起就经常这样凑在一起，那时聊得最多的是杜晓风和足球小将，渐渐也聊到了升学、就业、薪水、跳槽、结婚、第三者……随着慢慢长大，话题越来越成熟，也越来越无奈。然而在说起孟帆的这一晚，她们仿佛又变成了高中生。

“你为什么要和人家说拜拜啊！”温静笑着说。

“我真的不记得了啊！”苏苏抱着靠垫苦思冥想，“他怎么连这个都记得呢？哎，你和他说过的第一句话是什么？”

“我就没怎么和他说过话吧！”温静摇摇头说，“咱们那时怎么可能想到，他记住了这么多事！”

“是啊……”苏苏突然坐起来说，“不过我记得他上学的确是偷偷跟着咱们的！”

温静好奇地看着苏苏，苏苏兴奋地回忆着：“咱们不是约在街口一起走吗？有一次你来晚了，我在报亭下等着你，看见孟帆骑车过去，过了一会儿，他又骑了回来，四处张望。他一定是没看到咱们，又偷偷绕着那条街转了一圈。”

“啊！我也想起来了！”温静也坐起来，“我说呢，那会儿怎么每天上学都能看到孟帆，只要你车链子一掉，他准能出现！”

“他手指细长细长的。”

“他骑的是山地车！”

“头发到这儿？”

“不对，再长点！”

她们细致地回忆着那时孟帆的样子，努力拼凑出他少年时代的身影。

两个人都沉溺于那个已经远去的男孩的初恋里，出乎温静的意料，对于刚刚失去初恋的她来说，并没有因此感到痛苦。她遗失的情怀正在被一个她几乎要忘记的男孩轻轻唤起，也许正是因为她再也找不到自己的初恋，被无法挽回地刺痛了，所以她才放纵自己在另一人的身上，去找回自己最初的梦想，找回那已经被遗忘的时光。

在孟帆去世后，温静心中的他却活了起来。

“苏苏，咱们一起把孟帆写的杂志凑齐吧。”温静看着天花板说。

“嗯，这是他最后能留给咱们的了。”苏苏闭上了眼睛。

3

对孟帆最熟悉的人，肯定是晓兰了，在其他人心中像影子一样的少年，是准备和她共度一生的，那本来应该是清清楚楚的一生。

苏苏总归不太方便和人家频繁接触，于是温静问了焦磊，辗转找到了她的联络方式。

电话拨通，彩信铃音是宗次郎的《故乡的原风景》，笛声中掩埋着无尽的寂寥，温静隐隐感到了生死相隔的那种永难逾越的命运沟壑。

晓兰接起电话，声音倒还好，听温静说完来意之后她沉默了一小会儿，缓缓地说："嗯，我有他所有的杂志。"

"那太好了……"温静欣喜的话还没说完就被她打断了。

"但是，这些都是我的。"晓兰静静地说，"我只有一份。"

这时温静才感觉到了不妥，她忽略了晓兰的心情，她一样珍藏着孟帆留下的痕迹，即使孟帆的最后一篇文章是怀念苏苏的。

"对不起，我没想那么多，真的很不好意思，打扰了。"温静有些慌乱地说。

"嗯。"

"那我先挂了，对不起……"温静不住地道歉。

"等一下！"晓兰突然问，"那个女孩……孟帆的初恋，是不是已经结婚了？"

"苏苏吗？没有啊。"温静愣了愣说。

"没有？怎么会没有？"晓兰惊讶地说。

"她有男朋友，也谈到了要结婚，但是真的没有，有什么事吗？"温静不解地问，她不知道为什么晓兰会问起苏苏的婚事，难道她以为孟帆想和苏苏结婚？可是晓兰和孟帆不是都已经谈婚论嫁了吗？

“没事，就这样吧，拜拜。”晓兰匆匆挂上了电话。

温静对着电话发了会呆，她好像得罪了人，把与孟帆联系最密切的一条线斩断了。

在MSN上温静沮丧地跟苏苏汇报了情况，苏苏倒不以为然：“每个女的都会格外在意两段已经不存在的感情，一个是自己的初恋，一个是男朋友的初恋。大家都一样啦，杜晓风现在的女朋友也一定对你们俩的事很在乎的。”

“我不是杜晓风的初恋，他说的。”温静平静地打下这些字。

“……”苏苏打了一串省略号，又继续打了很多无意义的符号：“@#&%&★那天我真的很想骂人。”

温静微微笑了笑：“不说这个了，让杜晓风去死吧！现在孟帆的事怎么办？”

“去杂志社吧！杂志社总有存货！咱们花钱买呗！”

“好主意！我怎么没想到！今天就去吧！下班你早点打卡！！！！！”温静兴奋地打了很多个叹号。

“我这个月已经早打过很多次了。-_-”

“喂！这是为了孟帆！”

“好好好，知道了！我说，你怎么比我还兴奋？你不会爱上孟帆了吧。^_^”苏苏调皮地说。

“……”温静顿了顿，“我爱他的话只有自杀这一条路吧……”

“呸呸呸！好了，下班见。”苏苏扔了个88的卡通表情，就匆匆将MSN改成了忙碌状态。

温静看着屏幕，她的确对这件事太过热心，因为她太想感受那种曾经默默爱着，或者被默默爱着的感觉了。

她要确定，这世界上真的有定格的时间，有不朽的爱恋。

下午时温静和苏苏一起到了《夏旅》杂志社，与她们想象的时尚杂志应该有的编辑室不同，《夏旅》只是在一个90年代的老写字楼里，楼梯旁的墙皮一片斑驳，窗外的爬山虎遮住了半边玻璃，透进来的阳光被分割成一缕一缕的，透出七彩的光芒。走在一节节的台阶上，温静暗暗地想，那个沉静的少年，每一天路过的就是这个地方，也会看到水泥台阶上的凸起，也会看见爬山虎的叶梢，也会在阳光射过来时眯起眼睛。她抬起头，恍惚间仿佛目光已经和孟帆交融了，而视野中窈窕的苏苏，却是他再也无法看到的最期盼的身影。

杂志社前台是一位并不年轻的小姐，她正对着电脑玩祖玛，温静和苏苏的到来显然打扰了她通关的兴趣，因此还没等温静和苏苏说清来意，只听了孟帆的名字就打断了她们。

“你们有事找小金，孟帆所有的工作现在都由她接手做。”

前台按了内线的号码，简单说了几句，让那个叫小金的女孩子出来见她们，然后就匆匆挂上电话，继续祖玛去了。

苏苏暗暗瞪了她一眼，温静无奈地笑了。显然孟帆的死并没有给这位前台小姐带来怎样的触动，或者只有不耐烦，因为要接待很多来交接工作的访客。人的一生就是这样，会给不同的人留下不同的记忆，在有的人眼里异常珍贵，在有的人眼里可能只是无意义的存在。

没过一会小金就走了出来，很年轻的女孩子，脸上架着一副黑框眼镜，穿着艳粉色的T恤，手腕上挂了几串塑料珠子。这身装扮温静觉得有些眼熟，她愣愣地看着小金，小金也愣愣地看着她。

两个女孩对视着，眼神中透露着既熟悉又陌生的探寻意味，苏苏不明所以地左顾右盼。

小金的全名叫金薇薇，是杜晓风的现任女朋友。

第三最好不相伴，
如此便可不相欠

温静喘着气，指着杜晓风说：

“我会自己一个人把孟帆的所有文章都找到！

我会自己一个人找回所有我忘了的事！

我会自己一个人，忘了你！”

1

“找我有什么事？”金薇薇的表情带有轻蔑的怒意，她看过温静和杜晓风的合影，因此显然误会了温静的来意，以为温静是找了帮手特意来她公司闹事的，即便争不到男朋友，也要寒碜她一下。

“你们认识啊？”苏苏纳闷地问。

金薇薇不屑地轻哼一声，她觉得她们是在做戏，便随意应付着。

“可以算认识吧。”温静压抑着被曲解的羞愤说，“金小姐是杜晓风的女朋友。”

“啊？”苏苏惊叫起来，不可思议地看着金薇薇。

“出去说好吗？这儿不太适合聊天吧。我刚来这里工作，不想被人看笑话！”金薇薇强作镇定地说，的确，前台小姐已经放弃了祖玛，饶有兴致地偷偷瞄着她们了。

“那倒不用。”温静淡淡地说，“没想到会在这儿遇见你。”

“嗯。”金薇薇勉强发出了点声响算是回答。

“我是为孟帆的事来的，你可能不知道，孟帆是我的高中同学，我想收集他撰稿的所有杂志，现在市面上往期的都没有了，所以才找到这里。”温静一副对金薇薇丝毫不感兴趣的样子，到了这种时候，她总要争口气的。

“啊？”这回换金薇薇惊讶，她狐疑地看着温静和苏苏，心里掂量着她们说辞的真假。

“杜晓风没跟你说过？我们都是高中同学，前几天聚会的时候知道了孟帆的事。”苏苏非常义气地站在温静一旁，趾高气扬地说，她想金薇薇一定忌讳温静和杜晓风的碰面，说出来也能气气她。

果然金薇薇的脸色难看起来，她下意识地攥紧了自己腕子上的塑料珠子，说：“杜晓风倒是说过，我调到这里时他告诉我以前有个高中同学也在这儿，不过死了。”

听着金薇薇嘴里无足轻重的“死”字，温静心里很别扭，她不愿意别人这么去说孟帆，随意抹杀他存在过的痕迹。想想今天的主要目的不是为了吃飞醋、掐干架，而是为了孟帆，她刚才的斗志一下子没了一半。

“是啊，所以还请帮帮忙，我们想要全套的杂志。”温静微微颔首说。

苏苏有点诧异她的变化，金薇薇眨眨眼睛，突然想起了什么似的，微微一笑说：“社里的杂志倒是很齐……不过嘛，我帮不了你们，留下的都做样刊入库了，我不能拿出来随便给人。”

“能不能通融下？”温静抿着嘴唇，努力说出求她的话。

“我无能为力。”金薇薇诚恳地摇摇头。

“拜托……”

温静还想说点什么，但她还没说完就被苏苏拉住了。苏苏满脸怒气，一步站到金薇薇面前，指着她大声说：“姓金的！你成心吧！”

“我说了，我没办法。请你自重，别在这里撒泼，很难看。”金薇薇看着苏苏的手指，毫不示弱地说。

“我们花钱买！又不是白要！”苏苏愤怒地喊。

金薇薇淡淡一笑，看着温静说：“有些东西过期了就是过期了，买倒是很容易，但不是你想买就能买回来的。”

温静倔强地看着她，恍若未闻地笑笑，心里却凉到了底，苦涩地想：杜晓风，这就是你让我受的罪！

苏苏被金薇薇气得跳脚，却一点办法都没有，温静觉得若是能放下身段，让金薇薇把杂志拿出来也就还算值得，而她又不愿意口口声声去求她，只能不咸不淡地耗着。

两个本来最好不要见面的女人偏偏因为毫不相干的事扯在一起，却又迟迟不肯上演激烈的戏码，这样的局面让前台小姐都不愿再看，重新玩起了祖玛。

然而，就在温静准备放弃的时候，金薇薇的电话响了起来。

金薇薇看着手机上显示的名字，又露出了比蒙娜丽莎还神秘、骄傲的微笑，她半侧过身子接起，声音却一点没有压低："喂？到了？还挺快！……是吗，都这点了？……现在走不了，被缠住了……谁？你自己上来看看吧。"

金薇薇挂了电话，悠闲地靠在墙边。温静看着她，喉头慢慢发紧，那种站在聚会包厢外的紧张感又来了。

"嗵嗵"的脚步声在老式的水泥楼梯上响起，就像是从时光另一头传来的声音，一下下撞在温静心里。

当脚步声停下时，杜晓风站在了她们面前。

2

杜晓风看到温静和苏苏的那一刻短暂地慌张了一下，温静很熟悉他的小动作，每每遇到吃惊的事，他左边的眉毛都会轻轻抬高一点。然而杜晓风的下一个动作，温静却并不熟悉。他扭过头，看向了金薇薇，目光里满是担心。

怕我伤害她？

温静禁不住猜想，这样的感觉令她难以逃避地难受。

她从未期盼过再见杜晓风，来到这里只是单纯地为了寻找孟帆的初恋情怀，然而事实却更加确凿地让她肯定，她自己的初恋，一去不返。

"杜晓风，你来得正好，你去跟你女朋友说说，请她高抬贵手，给我们行个方便。"苏苏特别强调了女朋友三个字，杜晓风尴尬地低下了头。

"怎么回事？"杜晓风问金薇薇。

金薇薇大致把事情说了一遍，没有添油加醋，但方才暗波汹涌的情势也听不出来了。

杜晓风听完沉吟了一下，金薇薇低头玩着手链，温静有一搭无一搭地翻着摆在门口架子上的《夏旅》杂志，两个人好像都置身事外，只有苏苏两只眼睛瞪得滚圆，定定地看着杜晓风，一副讨说法的样子。

"苏苏，薇薇不知道你和孟帆的事，刚才说话可能有不合适的地方，你别往心里去。"杜晓风说。

"以前咱们的事她都不知道，我不和她计较，你让她把杂志拿出来吧。"苏苏得意地看着金薇薇。金薇薇垂着眼角，看不清楚表情。

“这个……对不起，她真的帮不了你们。”杜晓风顿了顿，他显然知道这样说的效果，但还是说了出来。

“什么？”苏苏惊愤地说。

温静没有说话，她终于看向了杜晓风的眼睛，而他却躲过了她的目光。

“她刚来这里上班，没那么大的权限，而且新人一来就提要求，找这么多的样刊，也不合适。这样不太好，所以，对不起了。”

杜晓风跟苏苏解释着，他一眼不看温静。而温静也不看他，眼前宛如陌生人的杜晓风让她有点恍惚，在过去的那七年里，他们究竟有没有那么亲密过？亲密得好像一个人一样？

“哦，你还挺替她着想，挺维护她的。”苏苏怒极反笑。

“她比咱们小，刚工作，还不懂……”

杜晓风絮絮叨叨的话还没说完就被苏苏打断了，她的声音尖厉刺耳，让温静禁不住打了个冷战。

“那你怎么不替温静想想！你就在她眼前说这个，不觉得有点过分吗？你怎么不念念孟帆，好歹也是同窗吧！杜晓风，你做人有必要绝情到这种程度吗？”

“算了，苏苏，走吧。”温静拉住苏苏，苏苏还挣扎着叫嚷，而温静却一点表情都没有，她拽着苏苏擦过杜晓风的肩膀走下了楼。

这一次他们大概距离一厘米。

可是却像隔了几万光年。

3

其实杜晓风曾经维护过温静，在她难堪的时候站到她的前面，只不过那是在高中的时候。

那时温静和苏苏都是爱玩闹的女孩子，功课不见得多好，但是每天依然乐乐呵呵的，生活中最大的烦恼也只是期末考试之类。

温静和苏苏在那天闯了祸，两人中午追跑打闹的时候，温静的手肘撞上了黑板，原本左下角的一条小裂缝变成了一条大裂缝，就像伤口一样，在蒙着粉笔灰的黑板上显得格外突兀。

温静和苏苏吓坏了。要是现在，这根本不算什么，顶多赔点钱，那旧黑板也没什么金贵的，学校里最常见的就是斑驳的黑板了。但在那时就成了不得了的大错，学生时代大概没有比被老师骂更可怕的事了。

温静慌了神，苏苏更是抓瞎，两人想了半天也没什么好主意，只盼着下午上课时班主任发现不了。可是她们显然错估了老师的敏锐，班主任一进教室就发现了黑板新添的一道伤痕。

“这是哪个同学弄的？谁毁坏公物？举手！”

李老师怒气冲冲的样子让班里的同学都缩回了头，有好事的偷偷瞄向温静和苏苏，苏苏绝望地看着温静，而温静觉得自己的心简直快从嗓子眼里跳出来了。

“现在不说的话，就等家长来了一起说吧！”

请家长是老师们的杀手锏，想着回家还要被父母狠狠训斥一顿，温静不由得闭上了眼睛。她弓着身子，微微抬起右手，手指尖慢慢从桌子下伸了出来。

“你起立，说吧，怎么回事！”

温静惊讶得睁开眼，同学们都望向后面，她也回头看去，与她相隔三行，她看见孟帆高高举起了手。白色衬衫的袖口随窗外的微风飘舞，贴到了他的胳膊上，显出他格外修长的手臂，那是少年特有的单薄。

孟帆站起来，却默默没有答话，的确，明明不是他做的，他有什么可说？

苏苏从来不敢直视孟帆，这次却瞪大了眼睛看着他。底下的同学发出了嗡嗡的议论声，李老师也觉得奇怪，说：“孟帆，你打坏的黑板？”

“是，是我。”一直不吭声的孟帆终于发出了声音，尽管这并不是事实。

“你干什么了碰着黑板？”李老师继续问。

“我……”孟帆卡了壳，他平时话都很少说，更不要说撒谎。

这时，另一只手举了起来。

“杜晓风！我就猜这里肯定有你的事！你也站起来！”李老师怒气冲冲地说。

杜晓风歪歪扭扭地站起来说：“我中午和孟帆闹着玩，推了他一下，他磕黑板上了，那儿本来就是裂开的，现在比以前就长了一点点儿。”

杜晓风拿手比画着，手指间的距离恨不得连一毫米都没有，同学们听他胡诌都笑了起来，温静也笑了，她回头看杜晓风，杜晓风偷偷踢了踢她的椅子腿。

李老师自然更生气了，她严厉地批评了杜晓风和孟帆，勒令他们放学后去老师办公室。

杜晓风早习惯了这样的场面，也不怎么在乎，而整个过程中孟帆始终没再说一句话，他就那么静静地站着，温静想用目光向他表示一下感激，可他垂下的额发却遮住了眼睛，远远地，什么都看不清楚了。

放学后温静和苏苏一起去自行车棚等被老师叫走的杜晓风和孟帆。明明不大的事，她们却假想出无数坏的可能。所有的零花钱加起来才三十几块，温静甚至下定了决心，挪用下个月的餐费来赔偿黑板。

天边露出一点晚霞的时候，那两个人才从教学楼中走了出来。温静和苏苏先是蹲在车架子后面，确定他们身后没有李老师跟着，才慢慢站了起来，两人背着书包一颠一颠地跑向他们。

“你们没事吧？”

“没事！800字检查，做一周值日！”杜晓风满不在乎地说，孟帆摇了摇头没有说话，径直往里走，取车去了。

苏苏故意不看孟帆，却在他转身走开的时候，偷偷瞄着他的背影。

“还不去跟人说声谢谢，人家是好学生，这次可是替你背黑锅了！”杜晓风揶揄苏苏说。

“我又没让他去……”苏苏扭捏地说，但半边身子已经侧向了孟帆那边。

“去吧！别装了啊，我等你！”温静笑着推苏苏。

“我……我就是想道谢！只说谢谢而已！”苏苏努力地狡辩着，一边回头看温静有没有笑她，一边向孟帆走去。

“谢谢。”看着苏苏停在孟帆身边，温静突然小声说。

“啊？”杜晓风不明所以。

“你也替我背黑锅了啊。”温静微红了脸，垂下头说。

“没什么。”正经说起话来，杜晓风也不好意思了，他嘴里小声嘟囔着，“男人不都要保护自己的女人吗？”

他的声音虽小，但是温静却还是听清楚了每一个字。她怔怔地看着杜晓风，发现他的脸也泛起了红色。

在晚霞的照耀下，他们身上反射出灿烂的光影，微风吹过，老槐树的叶子沙沙作响，树下的两人分别低着头，一个拿脚尖蹭着地，一个玩着手里的车钥匙。他们虽然青涩得连直视对方的勇气都没有，但是心里却将此时此刻记下了千千万万遍。

远处的苏苏和孟帆也仿佛说完了话，孟帆推着车静静地走向他们，苏苏在他身旁走着，始终保持着十步的距离，她微笑着看了温静一眼，这是两人的暗号，今天她们要各自陪着别人，分开回家了。

孟帆走过温静身边时，温静也向他说了谢谢，但是孟帆只是点点头，并没停下和她说话，他垂下眼睛，就那么匆匆走了。温静也不在意，孟帆是只会对苏苏温柔的，就像杜晓风只会对她温柔一样。

4

从杂志社下楼时这突如其来的回想让温静偶然发现在那份记忆里还存在着孟帆的影子，那时的他原来就已经在坚持着那绵长的初恋了。

而她呢？她在逃跑。

温静突然看不起现在的自己，她觉得这么狼狈与悲戚的样子，真的会被16岁的自己笑话，会被去世的孟帆笑话，会被曾经的、现在的，是她的、不是她的杜晓风笑话。

走到一楼的时候，苏苏还在滔滔不绝地数落杜晓风的薄情寡义，温静猛地止步，她深吸了一口气，转身跑上楼。

身后的苏苏在喊她，她没停下，温静觉得这时候停下，她才真的完败。

再次出现在杜晓风和金薇薇面前，那两个人显然都没想到，温静也没有给他们表达任何感想的机会，她喘着气，指着杜晓风说：

“我会自己一个人把孟帆的所有文章都找到！我会自己一个人找回所有我忘了的事！我会自己一个人，忘了你！”

第四最好不相惜，如此便可不相忆

咖啡馆里的意大利蜡烛燃烧了一半，
淡淡的烛光笼在江桂明身上，
有着一层神秘的透明感，恍若穿越了时空。
温静怔怔地看着他，
标准的伦敦音产生了不同凡响的回声，
她仿佛真的看到了曾经的某个午后，
低沉地吟诵这首诗的少年。

1

大话是说出去了，直到现在苏苏还盛赞温静当时的表情、语气、动作都帅气到无以复加，但是接下去怎么做，温静却一点主意都没有。

忘不忘得了杜晓风先不说，单单那好几十本已经没处见的杂志要怎么找到，就是个大问题。不死心的温静在网上搜索，结果可想而知，不知名的《夏旅》读者寥寥，现实让人更加沮丧。

就在被甩、与前男友的现女友交战、苦寻《夏旅》不着的三重打击下，温静很快迎来了第四重打击——她被炒鱿鱼了。

老板以经济不景气、公司运转困难这种很冠冕堂皇的理由跟她谈话，温静只能点头表示赞同，顺便竭力争取了下迟发的奖金。从老板办公室走出来时，温静无意地瞥见了他桌子上的出勤卡，在最近所有的满勤中只有她有一小处的空白，没记错的话，就是她去《夏旅》杂志社的那天。

温静瞬间觉得，人生的苦难是普遍联系的，是没有终结的。

赋闲在家的日子也不舒坦，和妈妈不断有小的口角。温静知道她其实是在为自己担心，快奔三了，没男友，没工作，剩女剩到她这份儿上也算是难得了。因此那段时间温静少有地情绪低落起来，以至于接到晓兰的电话她都没有太多的惊喜。

“我想起一个人，他没准能帮你。”晓兰淡淡地说。

“谁呀？”温静并不太积极。

“江桂明。”晓兰说，“是孟帆大学里的师兄，关系很好，他现在也在做杂志。”

温静刚记下江桂明的手机号码，晓兰就挂了电话，温静都没来得及向她道谢。温静正纳闷她冷淡的热心时，她妈妈探过头问：“招聘的电话？要面试吗？”

“不是，是朋友。”温静无奈地说。

“哦。”她妈妈显然失望了一下，“有时间多投投简历，别再凑一起瞎聊天了！你看人家苏苏，和你玩是玩，但是工作、找朋友一样没落下！你从小就这样，傻精傻精的。”

“知道了！”虽然知道妈妈是为她好，但温静还是忍不住不耐烦起来，她拎起包，随便扔了两件东西进去说，“我出去一趟。”

“干吗去呀？”她妈妈问。

“找工作，省得在家您嫌我烦。”

温静走出房间，穿鞋的时候她妈妈还在唠叨她的不懂事，温静关上大门，稍微用了点力气，不是发脾气，只是希望把烦恼都关在里面。

夏初的午后泛着慵懒的气味，温静坐在麦当劳里，百无聊赖地看着窗外，手机里的贪食蛇游戏被她玩到了不可思议的分数，想着要把这样的记录向苏苏显摆下，温静决定晚上约她唱歌。然而打开手机通讯簿时，温静却看见了江桂明的名字。这号码有点眼熟，让温静感觉亲切起来，反正离苏苏下班时间还早，温静干脆拨通了他的电话。

“喂？”听筒那边的声音让温静吓了一跳，她脑子一下懵了，以为错拨到了杜晓风那里。

“你好，哪位？”江桂明接下来的询问让温静从云端落回地面，她吁了口气说：“你好，我是孟帆的高中同学。”

“高中同学？你不会就是他的那个……”江桂明有点诧异地说。

“我不是他初恋。”温静笑了笑，“我是他初恋的好朋友。”

“我明白了！她不好意思出面吧？”江桂明爽朗地说。

“是啊，晓兰告诉了我你的电话，你和孟帆是大学同学吧。”温静格外认真地听着江桂明说话，他显然和杜晓风不同，没有那么霸道，但是很率性，这样的感觉非常特别，像和一个陌生的杜晓风在说话。

“晓兰这时候还真大方起来了！是，孟帆是我师弟，也是我好朋友，你想多知道一些他的事吧？

“对，关于他写的东西，我们正在收集。”

“看到《又到槐花飘香时》被感动了吧？那只是一点点，孟帆对那个女孩的感情……一句两句说不清楚。我觉得你们应该知道，人没了也能留个永远的念想。这样吧，咱们可以约着见面聊聊，你什么时候有时间？”江桂明发出邀请。

“现在就有啊。”温静自嘲着自己的无业状态，当然，对于这个有着和杜晓风同样声音的人，她也有点期盼。

“那就今天吧，你选好地方，我去找你。”江桂明痛快地答应，“对了，你叫什么名字？”

“温静。”温静说，“温暖的温，安静的静。”

“嗯，好名字。”江桂明沉吟一下，笑了。

2

在咖啡厅等待江桂明的时候，温静其实是有小小的幻想的。也许是太久没恋爱了，她甚至开始假设小女孩才喜欢的桥段，比如江桂明就是杜晓风，他用另一个身份来告诉自己他背叛的真相。显然这不可能，但是江桂明走进来时温静还是有点明知结果的失落。

“温静是吧？你好，我是江桂明！”江桂明礼貌地掏出名片，上面印着他任职杂志社的名称，那是如雷贯耳的旅行杂志，比起《夏旅》不知要知名多少。

“好厉害啊。”温静赞叹道。

“也就是名字好听，当初孟帆都不稀罕来，这里都套路化了，他写的东西要在我们杂志肯定发不了，你们也就看不着了。”江桂明笑着说。

“他这么文艺青年？”温静惊讶地说。

“你不知道？他的文笔在大学里可是一鸣惊人，等着看他文章的女孩怎么也得排满一个教室！”江桂明一边看酒水单一边说，“他上高中时不还是你们语文课代表吗？”

“哦，好像是。”温静歪着头回忆，对于孟帆她能记住的的确太少了，恍惚间倒是有他收作业本的印象，但只是个模模糊糊的影子，在课桌的间隙，站着那么一个清瘦的少年。

“你这个被派来的侦探不太合格啊！”江桂明点了红茶，笑笑说，“哎，我问你，他初恋叫什么名字啊？”

“你这个师兄也不太合格啊！”温静眨眨眼睛说。

“被反击了！”江桂明朗声笑起来，“不过还真不是我不合格，那小子好像很享受独守秘密的感觉，再说，后来有了晓兰，也不方便说了吧。”

“嗯，那倒是。他初恋叫苏媛，我们都叫她苏苏，你好好想想，他有没有露过马脚。”

“这么一说，好像还真有点印象！”江桂明托着下巴想，“她这名字没你的好听，我听了估计也记不深。”

“我？我这名字多普通啊！”温静茫然地说。

“不，我一听就觉得很好，像个优美的形容词，你看，像孟帆这样的人，温暖安静，形容他温静，不是很合适吗？”

江桂明笑了笑，温静也笑了，在这个时候，她忘记了江桂明与杜晓风相似的嗓音，而专心地回忆起孟帆。

“他把我们都震了，是那次诗选会他背诵的那首英文诗，约翰·克莱尔的《初恋》。”江桂明的眼睛迷蒙起来，他好像穿过了层层时光，再次回到了那间大学教室。

I never was struck before that hour
With love so sudden and so sweet
Her face it bloomed like a sweet flower
And stole my heart way complete
My face turned pale as deadly pale
My legs refused to walk away
And when she looked “what could I ail ?”
My life and all seemed turned to clay

And then my blood rushed to my face
And took my eyesight quite away

The trees and bushes round the place
Seemed midnight at noonday
I could not see a single thing
Words from my eyes did start
They spoke as chords do from the string
And blood burnt round my heart

Are flowers the winter's choice ?
Is love's bed always snow ?
She seemed to hear my silent voice
And love's appeals to know
I never saw so sweet a face
As that I stood before
My heart has left its dwelling–place
And can return no more

（译：那一刻，我被爱情击中／如此突然，如此甜蜜／她如花的娇艳，彻底偷走了我的心／我面色如死一般苍白，双腿也拒绝离开／当她愁容满面，我生命的全部似乎也化为虚有。

于是，我的脸失去了血色，视线也不再清晰／四周的树林和矮木丛／正午犹如深夜／我的双眼无法再看清，言语从眼中宣泄／如同一串串和音／血液在我的心脏里翻腾不息。

难道花朵是冬的选择？爱的基床也总是舞动的冬雪吗？／她仿佛听到

了我无声的告白／却没有对我的爱转头／我从未见过如此甜美的面容／从我呆立在那的那天起／我的心已随她而去／永不复返。）

咖啡馆里的意大利蜡烛燃烧了一半，淡淡的烛光笼在江桂明身上，有着一层神秘的透明感，恍若穿越了时空。温静怔怔地看着他，标准的伦敦音产生了不同凡响的回声，她仿佛真的看到了曾经的某个午后，低沉地吟诵这首诗的少年。

3

在温静记忆中的孟帆，是不会顺畅地背英文诗歌的。

那时的他根本连英语课文都读不好。

英语课上总会有分角色念课文的场景，有时还能组成个小品，分别扮演 Mr. 和 Mrs.，每每谁和谁凑了一对，大家都会叽叽咕咕地笑。或许是学习太枯燥了，连这样的事都能引起同学的兴趣。

对于私底下有故事的那些人，就更是关注的焦点，一旦一个被叫起，另外一个就一定会享受同学们齐刷刷的注目礼。这些小把戏就在老师的眼皮子底下，但是他们都不管，现在想想，那也许就是人长大后对青葱岁月的宽容。

那天孟帆被叫起来的时候，包括温静在内，大家都笑嘻嘻地看着苏苏。苏苏憋红了脸，无比端正地举着书，好像看得非常认真，只有温静知道，她那时心里一定忐忑得紧。因此温静回过头，想和杜晓风说说苏苏的窘态。

就在这时，英语老师抬抬眼，点了温静的名字。大概是发现她要说话，给她个小小的提醒。

同学们的热情顿时消散，一个个转过身都拿起了课本。温静讪讪站起来，苏苏回头冲她狡黠地笑了笑，温静瞪了她一眼，无奈地低头看向一大堆英文字母。

那篇课文应该是由孟帆先开始的，温静等了半分钟，背后却始终没有传出声音。温静疑惑地微微回头看，孟帆仍然低着头，他紧紧攥着书页的边缘，指尖有点发白，他好像很紧张。

最后那眼温静看得并不真切，因为等不及的老师已经命令了"start"。

孟帆不得不开口。

"Han……Meimei……"他刚念了一句话，同学们就哄笑起来，课文里的女孩叫韩梅梅，孟帆因为紧张而断开了，听上去就像"嗨，妹妹"。

底下有男生小声回应："哎，哥哥。"大家笑得更加热闹，温静脸颊一片绯红，她微微回头，埋怨地看向孟帆，孟帆抓着书页的手指更白了。

"好了，好了，孟帆，go on！"老师维持纪律说。

"Can……Can……I……borrow……your……your ruler……Please？"（我能借你的尺子用一下吗？）

这么磕磕巴巴的朗读又引得同学一阵笑，温静陪他站着，都恨不得窘得躲到桌子下面。那天孟帆就在一片笑声中完成了和温静的分角色对话，温静不高兴地坐下，她觉得太丢脸了。

"嗨，妹妹！"杜晓风拿圆珠笔捅温静的肩膀，凑到她耳边小声说。

"讨厌！"温静回头狠狠地瞪了杜晓风一眼，余光中她看见孟帆在位子上默默地坐着。他还在紧张，仍然保持着紧紧抓着课本的姿势，手指仍然那么白。

“其实孟帆想和苏苏一起念，他刚才课间一直看书来着。”杜晓风也回头瞄了眼孟帆说。

“他怎么知道能和苏苏凑一起，最后还不是害我丢人。”温静翻了翻眼睛，噘着嘴说。

“笨！他和苏苏在名册上是挨着的！”杜晓风以发现秘密的口吻，得意地说。

“挨着？怎么会？明明是我和苏苏的学号挨着啊！”温静纳闷地说。

“左边和右边啊。”杜晓风比画一下，温静恍然大悟，学生名册里左边从上至下是男生的名字，右边则是女生，所以即使学号不挨着，老师也经常左右对称地点名。

“你还挺细心，怎么发现的？”温静往后靠着，举着书，假装念课文。

“因为咱俩也左右挨着，就在他们下面。”杜晓风的声音很轻，但是仍然穿过琅琅的英语课文传到了温静的耳朵里，然后直达心里。

4

“他还有这么糗的时候呢？”江桂明听温静讲完笑了起来，“哎呀，你要早点告诉我好了，这样我就在他朗诵完《初恋》之后，加一句‘Can……Can……I……borrow……your……your ruler……Please？’”

江桂明拿着菜单学着温静描述中孟帆的样子，温静笑了，但是看着江桂明生机勃勃的手指，她的笑容便化成了惆怅，而江桂明的神色也黯然下来。

“现在……没机会了。”江桂明慢慢放下菜单，“他明明没做过什么了不得的事，在学校里也是无声无息的，但是就这么消失了，我还是很难受。今天到这儿来，是想再为他做点什么。他是我最要好的师弟，我们一起做过诗社，一起回忆初恋，一起畅谈梦想……也许帮你的忙，是我能为他做的最后的事。”

“谢谢。”温静郑重地说，“说实话，虽然和他是同学，虽然他喜欢的女孩是我最好的朋友，虽然是我找到的你，但是其实我并不了解孟帆。像刚才那样的事，碎片一样的回忆，就是他留给我的印象。之所以会这么热心，我是有私心的，我想看看被我忘记的那段日子，存在着怎样的情感，让他把初恋保存了这么久。我想证明有种东西是真的会一直一直被珍藏的，即使我丧失了我的那份，我也想相信这个世界上还是有的。无论多么孤单的人，也一定有自己不愿意舍弃的记忆，一定有。”

温静的目光格外坚定，飘忽不定的烛火让她的眼睛闪着光，江桂明怔怔地看着她，茫然地点了点头。

在那一瞬间，他被眼前的女孩感动了，他忍不住怜惜温静，因为他分明看到了掩藏在她目光深处难以名状的悲伤。

第五最好不相爱，
如此便可不相弃

空荡的教室留下了隐秘的空间，

仍旧晃眼的阳光映射着温静的笑颜，

向日葵仿佛真的随着太阳盛开。

在一朵向日葵的中间，棋盘格的地方，

杜晓风用黄色的粉笔写下了很小很小的字：

对不起。

1

江桂明是个说到做到的人，第二天就给温静送来了他手里所有孟帆的杂志。通电话时，江桂明才知道温静失业的事。他原本想把杂志送到她单位，顺便以此为借口约她吃晚饭，然后再送她回家，谁知温静却直接让他送到家里来。

“不方便的话，叫快递也可以。”温静说。

“方便倒是方便，我们时间比较自由，但是你白天在家吗？”江桂明纳闷地问。

“我时间更自由，刚刚下岗。”温静略有点失落地说。

“哦。”江桂明微微一愣，不可否认，知道这个消息，他的热情打了折扣。不同于孟帆梦幻般的初恋，在江桂明心中，即使被孟帆深深感动，那也不过是死后才被歌颂的不存在的爱恋。现实世界里，多的是连对方薪水都要计算的追求，覆在美丽爱情之上的，是现实得几近丑陋的外衣。

“下午来吧，这回我请你喝茶！我家有上好的普洱！”电话线的长度，足以令温静看不到江桂明的表情和犹豫，她发出欢快的邀请。下午她妈妈去了姥姥家，一个人在家的感觉，仿佛回到了过大小礼拜的周六，尤其江桂明的出现，给了她微妙的愉悦感。

犹自天真着的温静打动了被现实左右的江桂明，他不自觉地扬起了嘴角，笑着答：“好。”

江桂明走进温静的房间时，瞬间失去了他世故的判断，小女孩一般的屋子给了他别致的温馨感。温静盘腿坐在床上，几本《夏旅》杂志在她面前摊开，她随便束着头发，穿了一身很随意的家居服，米色的插兜边绣了一颗粉嫩的樱桃。

“本来想自己留着作纪念，但是现在觉得给苏媛小姐才是最好的纪念。”江桂明说。

“嗯，她会好好保存的。”温静认真地翻看着，点点头：“可是你这个还缺不少呢！你看 2005 年只有 11 月的，2006 年差 3 月、4 月、7 月……”

“你要求还真多啊！”江桂明好气地笑着说。

“对不起。”温静反应过来，怎么说也应该和他客套些，不由红着脸连忙道歉。

“开玩笑呢，我会再帮你们找。因为是同行，我们社之前也订过他们的杂志来看，不过只订了之前的几期，后来嘛，你也知道，《夏旅》的发行量并不大，所以社里也就不在意了。”江桂明随便拿起一本《夏旅》说，如果不是因为孟帆，他肯定也不会留着这些杂志，而通过这些杂志又结识了温静，让他隐约产生了因缘的奇妙感觉。

“唉，那剩下的那些怎么办呢？”温静皱着眉头靠在抱枕上。

“贪心！你先把眼前这些看完啊，我再想办法，我好歹也算业内，总比你大海捞针要强。”江桂明将手中的杂志翻开一页，递到温静眼前。

温静接过杂志，她微微笑着，眼睛弯弯的，在寻找的过程中，她觉得自己首先找到了一个可靠的同伴。

江桂明给她翻开的那页就是孟帆的文章，名字叫作《向日葵》，开篇是一张绚丽的向日葵图片，孟帆细细讲述，这是美国德克萨斯，盛产向日葵。而在文章的最后，是他独特的记叙。

……最初绽放在我眼前的向日葵，并不是在遥远的德克萨斯，也不是在中国河套一望无际的平原腹地，而是在中学时的黑板上，那种木质的、每隔一段时间就要刷一次黑染料的小黑板。

我初恋的女孩曾经在教室后面的黑板上画过很漂亮的向日葵。我忘了那是关于什么的板报，艺术节？绘画节？或者只是普通的班级好人好事？

想回忆的时候，才发现记忆不可靠。然而残存的片段，一定是闪耀在时间长河中最美的石子。

我的那颗石子就是在一个夏日的午后投下的，黄色的粉笔在她手中幻化成了一朵朵灿烂的向日葵。先画一个圆，中间画上棋格，然后再轻轻地描上花瓣。我至今都记得，窗外的阳光飘洒进来，她与花朵，都变成了金黄色的。

那是我一生中见过的最美的向日葵。

温静看完这段文字，微微抽了抽鼻子，江桂明有心缓解这悲伤的气氛，笑着拿过杂志说:“你看看,要是在我们杂志,一定不允许他这么胡写。多好的打广告的机会，最后一句主编绝对会改成：想见最美的向日葵，一定要去德克萨斯。”

“哦，我终于知道为什么了。”温静抬起头，恍然大悟地说。

“什么为什么？”江桂明不明所以地问，她好像压根就没听自己的调侃，说的是另外一件事。

“孟帆那时为什么那么不高兴。”

温静冲迷惑的江桂明微微一笑，转头望向了窗外，盛夏的阳光晃得人有点睁不开眼，和那时一样。

2

“杜晓风！把窗帘拉上！晃眼！”

温静没好气地冲坐在窗台上的杜晓风喊。

老师明明安排了一组同学画板报，可是实际上却只有女生在忙活。男生们都凑在一起聊足球，昨天利物浦赢了曼联，杜晓风正眉飞色舞地给他们讲欧文是怎么转身起脚的。

“你们家温静叫你呢，快，拉窗帘！”有男生瞎起哄。

“说谁呢！谁是他们家的。”温静不好意思地扔了个粉笔头过去。

“哦，快点吧！生气喽！”众人嬉笑起来。

“不管！让她自己拉！”杜晓风觉得就这么听话地拉上窗帘，在男生面前显得太没面子。

温静愤愤地瞪了杜晓风一眼，转过身拿起黑颜料又把小黑板涂了一遍。虽然知道杜晓风回绝自己也没什么底气，但是听见他那么冷漠地说话，恨不得与她撇清关系，温静还是忍不住难受。

“杜晓风，你再不拉上窗帘，今天我们这板报是画不成了。”苏苏无奈地看着与黑板同步、越来越黑的温静的脸，为自己的好朋友说话。

“不管！”杜晓风仍然硬撑着气势，但是眼睛却偷偷瞄向蹲在地上朝黑板撒气的温静。

“唰啦”一声，屋里的光线暗了下来，大家一起回头看，孟帆站在窗边，已经拉上了一边窗帘，正打算去拉另一边。

“不用了！”苏苏忙喊住他，“留一点光。”

“嗯。”孟帆点点头，掖好了手里的窗帘。

这一切进行得太过自然，直到苏苏拿起粉笔开始画向日葵，男生们才又开始取笑孟帆。

“孟帆最听苏苏的话了！”

孟帆垂着头，不逞强也不反驳。他不声不响的，一直体贴关怀，恰到好处。苏苏的脸在隔着窗帘的光线照耀下，泛起了一层微微的粉红色。两个隔着大片空气的人，却以别致的情丝紧密地联系着，一个眼神、一句话，甚至只是一帘随风飘舞的青色窗布。

在苏苏身边画画的温静不由有点羡慕她，因而更加生杜晓风的气。趁人不注意的时候，苏苏小声冲孟帆说了谢谢，温静笑着看着他们，现在回忆起来，那一瞬间的向日葵，好像真的是金黄色的。

板报画好了，而杜晓风却闷闷不乐。

那天之后，温静不理他了。虽然杜晓风也不太明白，女孩子怎么会因为那么点小事就莫名其妙地发脾气，但是他不能把温静扔到一边不理。

吵架、冷战、道歉是年轻时恋爱必定经历的循环，而当这个循环终止，青春便即将散场。以为偶尔错过的那个人，终究会化成心底里化不开的影子。那个时候，其实真的一转身就是一辈子。

音乐教室里，老师打开影音设备，给大家放斯美塔那《沃尔塔瓦河》的经典选段。

“两条小溪流过寒冷呼啸的森林，汇合起来成为沃尔塔瓦河，向远方流去。它流过猎人号角回响的森林，穿过丰收的田野。欢乐的农村婚礼的声音传到它的岸边。在月光下水仙女们唱着蛊惑人心的歌曲在它的波浪上嬉游……”

坐在座位上的学生们谁也没见到仙女，他们在小提琴和单簧管优美的和声中昏昏欲睡，只有温静，坐得直直的，因为她一直在感受着另一种不一样的节奏。

杜晓风执着地在踹她的椅子腿，一下一下，发出轻微可闻的“笃笃”声。温静憋着气不理他，但眼前的乐章上却已经不知不觉多了很多圆珠笔涂抹的痕迹。

“哎,不回头我就蹬了啊！”杜晓风探着头,几乎贴着温静的后脖子说,威胁似的,他的腿又往前伸了伸。温静眼角垂下来，她随手往地下拨落了一块橡皮，假装弯下腰去捡，却趁杜晓风没反应过来的时候，迅速把他的鞋带系在了自己的椅子腿上。

“喂喂喂！”杜晓风慌了起来,又不敢在课堂上挣扎,眼睁睁看着自己陷入了窘境。

温静得意地笑了笑，终于转过头，狡黠地轻嗔：“活该！”

意外的是，杜晓风并没有像往常一样露出气急败坏的神情，他塞给了温静一张小纸条，恳切地说：“课间去看看。”

温静有些纳闷地坐正回来，打开纸条，那上面只简单地写了三个字：向日葵。

音乐课后是体育课，当所有同学都跑向操场的时候，温静却独自回到了教室。小黑板上的向日葵还是那天的样子，只是随着粉灰的掉落不再那么金黄。远远看上去也没什么特别的，温静完全不明白杜晓风的意思。

温静疑惑地走向后排，直到离图案只有几公分的时候，她才停了下来。清淡的眉渐渐展开，温静眯起了眼。空荡的教室留下了隐秘的空间，仍旧晃眼的阳光映射着温静的笑颜,向日葵仿佛真的随着太阳盛开。在一朵向日葵的中间,棋盘格的地方，杜晓风用黄色的粉笔写下了很小很小的字：对不起。

3

温静微仰着头，笑着看杜晓风变出的戏法。

记忆中的画面仍然清晰可辨，那年的夏天，站在那块小黑板前面的时候，她是那么那么投入地喜欢着那个男孩，那么那么满意地享受着他带来的惊喜，那么那么认真地将那朵向日葵珍藏在了心底。

她曾经认为，它们将永远绽放。

然而即使是粉笔画的、没有生命的花，仍然会凋谢。

温静的目光穿不过时光，看不到未来这朵花被抛弃的命运。

在那时她只是想给杜晓风一个回礼，她也选了一朵向日葵，在棋盘格里，小心翼翼地写着：没关系。

因为太过专心，所以孟帆走进班里时，温静一点也没有发觉。直到她站起身，满意地看着自己的作品，她才用余光看到了站在门口的、静静的男孩。

“呀！”温静吓了一跳，往后退了一步。

孟帆走过她身边，拉上窗帘，小黑板失去了光泽，向日葵暗淡了下来。温静做贼心虚地用身体挡住小黑板，勉强笑着没话找话地说：“孟帆，你怎么没去上课啊？”

“对不起……”孟帆站在她对面，却朝着门口说，“没关系……这样的话当面说会更好吧。”

被识破的温静一下子害羞起来，她讪讪地低下头，不知该怎么应付眼前这个冷冷淡淡的人。

孟帆也没有取笑她的意思，只是走到窗户旁，挨个拉上窗帘。

杜晓风跑进来的时候，温静正在教室的后角尴尬地站着。看到杜晓风，温静松了一口气。

杜晓风走到他们身边，一眼就瞥见了向日葵里的字，高兴地冲温静笑了笑，温静不好意思地指指孟帆，杜晓风点点头，一副全交给他搞定的样子。

“孟帆，你回来锁门拉窗帘啊？哎，顺便把篮球拿下去吧！在焦磊的位子上呢！”杜晓风说。

孟帆点了点头，转身走向了焦磊的座位。

杜晓风朝温静吐了吐舌头，忙将花心里的三个小字擦掉。

孟帆从椅子下面拿起篮球，一眼瞥见杜晓风的手指抹过黑板，忙焦急地说：“别动！”

可惜声音赶不上行动力，黑板上那两朵向日葵的花心已经被抹掉了，只留下粉笔画特别的痕迹，在木质的黑板上，混成黄色的一团。

“没事，老师不会看出来的，就花了一点点，下次再刷一次黑板就行了。孟帆，今天的事你别跟别人说啊，就当什么都没看见，我请你喝汽水！”杜晓风揽着孟帆的肩膀，满不在乎地说。

孟帆怔怔地看着小黑板上那一团污浊的笔痕，没有说话。

“我们先下去了，你锁门吧！”杜晓风朝温静招招手，温静看了眼孟帆，他不像会说出什么的样子，但脸上的神情却有点难过。

杜晓风和温静一起走出班门，两个人之前的别扭烟消云散。

温静羞涩地说：“你怎么才下来？我以为你会悄悄跟着我呢！”

杜晓风愁眉苦脸地说：“我也是这么想的，可是你把我的鞋带系了个死扣……”

两个人都笑了起来，温静无意中回了下头，孟帆仍然在班里，他站在小黑板前，拿着粉笔重新描着那被破坏的向日葵。

静静的，沉默的，专注的。

那天体育课，孟帆迟到了10分钟。

而黑板上那些向日葵，又变成了最初的样子，金黄干净，仿佛“对不起”和“没关系”都没存在过。

4

“我不知道那几朵花在孟帆心里有这么美丽的回忆。”温静叹口气说，“那些花是他看着苏苏一笔笔画出来的，但是却被我们这么随便就给弄坏了……你不知道，那时苏苏已经和足球队的前锋好了，孟帆大概是明白自己没什么机会了，他一定很留恋他和苏苏所有微小的接触。”

“原来你是向日葵的终结者。”江桂明笑着说，“不过说起来，你和你的那个同学怎么会想起去向日葵里写字？”

温静愣了愣，她并没给江桂明讲得多么详细，把和杜晓风的关系跳了过去，只说是一个同学。

“是因为……”

“因为你喜欢他？”江桂明眨了眨眼说。

温静惊讶地看着江桂明，见他探寻的表情，又低下头，长吁了口气，淡淡一笑说：“是，那个同学是我的初恋，不过已经是过去时了。”

“但是好像痛苦还很新鲜呢。”

“什么啊……”温静顾左右而言他。

“你在努力寻找的会被一直珍藏在心里的东西，真的是孟帆的初恋吗？”

江桂明的聪明和敏捷现在在温静的眼中，却成了缺点。她抿着嘴唇，没有回答，静静地把床上的《夏旅》杂志归拢收好。

主人一副好走不送的样子，江桂明自然知趣地起身。他环视了一圈，这温暖的房间,还是让他发觉到了其中的冷清。江桂明的目光最终落在温静身上,他温柔地说：“孟帆也许一直不快乐，青春最初的苍老就是等待，温静，别犯傻。”

直到江桂明走出房间，温静才抬起头，她看着杂志上绚烂的向日葵，用了很大的力气，却还是没笑出来。

第六最好不相对，
如此便可不相会

16 岁的时候，杜晓风对她说：

“男人要保护自己的女人。”

22 岁的时候，杜晓风对她说：

“你愿意跟着我吗？等我有钱了，让苏苏羡慕死你！”

24 岁的时候，杜晓风对她说：

“我能交首付了，就是房子太贵。”

26 岁的时候，杜晓风对她说：

“老婆，对不起……”

1

那之后江桂明着实消失了一阵。

温静没能力找来更多的杂志，只好把手里的这些暂且打了包，苏苏也没有太在意，不能说没有遗憾，但也仅仅是遗憾而已。

其实温静也明白，顽强的执着只存在于中学时流行的口袋版言情小说中，现在的她们往往更清楚的是什么叫无能为力。

所以除了遗憾之外，温静比苏苏还多了种飞蛾扑火的沮丧。

“画画的时候没想那么多，光顾着教你画向日葵了，你那时因为杜晓风赌气呢吧？画的向日葵又丑又怪异！”苏苏看完那篇文章笑着说。

“你这个没良心的女人！”温静用手指头戳苏苏的脑门，“我要是孟帆就变鬼缠着你！”

苏苏躲开温静的手指，叹了口气：“你也知道，孟帆一直是那样子，虽然对我好，但又什么都不说，不像足球小将，一上来就对我说：‘明天来看我踢球吧，我只想让你给我加油！’”

“又开始了……”温静翻翻白眼，这是苏苏的序幕，从这里开始温静已经可以倒背如流了。

“难道我不说要你说吗？你和杜晓风那点邪乎事！”苏苏毫不客气地回敬温静，

“哎，我看那个姓江的那么热心，你们不如发展发展好了，这种事，你暧昧一些，他再引诱一下就八九不离十了，成年人谈恋爱嘛，你还想怎么样啊？你要记得，咱们今年26，不是想当年16岁初恋的时候，而是该进行末恋的时候了！”

“江桂明，他已经知道我和杜晓风的事了。”

很难说温静没对那样精明优雅的江桂明产生遐想，光声音已经足够让她内心荡漾了。但是，反过来说，如果被吸引只是因为相似的声音，其他的都只是学历、工资等等这样待价而沽罗列出来的条件，那么江桂明本质上和她妈妈张罗给她相亲的那些路人甲乙又有什么区别呢？她究竟喜欢的是一个崭新的人还是一个远去的背影？

说到底，只恨爱那么短，遗忘那么长。

“我要是老到没人要了还忘不了杜晓风怎么办？”温静绝望地趴在桌子上，当初的豪言壮语，事到如今，她一个都未能完成。

“我干脆送你去火星算了！”苏苏恨铁不成钢地说。

温静还没来得及还嘴，她的手机就响了起来，伴随着宇多田光的《Prisoner of love》，屏幕上闪耀着江桂明的名字。

“火星很危险，我想还是有地球人愿意收留你的。”苏苏笑着说。

温静假装不置可否地接起电话，听筒那边那个酷似杜晓风的声音传来，让她失落的心有一丁点的满足。

女孩子都是有虚荣心的，虽然这个时候用江桂明聊以慰藉是很自私的事，但是温静仍然不自觉地依赖着这卑微的幸福感。

“在哪儿呢？我接你去个地儿！”江桂明笑着说。

在星巴克门口，苏苏和江桂明第一次见面了。两个人都对对方很好奇，彼此打量了很久。

“一起去吧！”江桂明邀请苏苏说，“我觉得你一定会感兴趣的。”

“我不去了，晚上还有事。”苏苏摆摆手说。

“不去吗？”江桂明微微有些失望，“嗯，是关于孟帆的，一个他待了很久的地方。”

“今天真的不行，温静，你替我去好好看看，回来讲给我听！”苏苏往前推了温静一把，偷偷掐了掐她的胳膊。

温静知道她在暗示撮合，不自觉地有点脸红。

“那好吧，下次我先打电话约好你。”江桂明是不会去勉强别人的，他拿着钥匙按开了车门的电动锁，替温静拉开副驾驶的门，温静坐了进去，苏苏站在外边，调皮地吐了吐舌头。

江桂明从车头绕过去，回身和苏苏告别时，他顿了顿，说：“苏苏，说实话，以前我以为自己一辈子也见不到你。孟帆的初恋从始至终都只有他一个人，而你大概什么都不知道。他把你捂得很严实，连照片都不让我看。没想到，他不在了，我却能和你面对面说话了。”

苏苏怔了怔，她的眼睛蒙上了一层雾，闪着遥远而不可琢磨的光。

“认识你很高兴。”苏苏笑着说，而那层雾气已经化作了她眼角的泪滴。

“我也是。”江桂明朝她点头致意，挥挥手，坐进了汽车里。

看着后视镜中的苏苏越来越小，温静有些惆怅地说：“她今天确实有事，她和她男朋友办了港澳通行证，过几天要去香港了。”

“哦，去玩吗？”江桂明向左打轮，拐过街角，苏苏彻底看不见了。

“她说要是看到喜欢的戒指，就买下来当婚戒。”温静淡淡笑着说。

“要结婚了？”

“嗯，估计就是他了。”

“什么样的人？”江桂明有点好奇地问，“和孟帆像吗？”

“完全不像。”温静夸张地摇摇头，“是她的同事，做技术的，白白胖胖，有一圈小肚子，挺好的人。”

“呵！那真不像！”

“晓兰和苏苏也不像啊，其实不是都这样？原先想的那个人，和最后身边陪着的人总是不一样的吧。”温静望着窗外飞逝而过的北京城说。

“你原先想的那个人什么样子？”江桂明仿佛若无其事地问。

“反正不是胖子！上中学时，绝对没有一个女生会想象自己未来的老公是胖子！”温静借着打趣少女时代的自己，躲过了这个问题。

她那时候憧憬的人，已经随着匆匆那年不复存在了。这种隐痛是难以示人的，也许16岁时她会哭了，可是成长到不再坦诚的26岁，她只是冲江桂明笑了笑。

江桂明看看她，也笑了。“晓兰倒是总说，孟帆就是她一直想找的那个人。他们本来打算今年结婚的，8月8日，快到了。”

“哦。”温静微微颤了一下，江桂明接着说了一些关于晓兰与孟帆的事，可她一个字都没听进去。

温静和杜晓风本来打算去年结婚的，2008年8月8日。

2

温静一直觉得，嫁给杜晓风是理所当然的事。

16 岁的时候，杜晓风对她说："男人要保护自己的女人。"

18 岁的时候，杜晓风对她说："温静，我一定会娶你的。"

20 岁的时候，杜晓风对她说："你许我一个未来，我给你全世界！"

22 岁的时候，杜晓风对她说："你愿意跟着我吗？等我有钱了，让苏苏羡慕死你！"

24 岁的时候，杜晓风对她说："我能交首付了，就是房子太贵。"

26 岁的时候，杜晓风对她说："老婆，对不起……"

从 16 岁的老槐树到 26 岁星空下的法式餐厅，温静不知道自己怎么就失去了杜晓风。

10 年的相处，不可能每个时刻都在相爱着，但是却产生了或许比爱情还要深刻的牵绊，这才是两个人携手一生的力量。

所以当毕业、工作、家庭、房子、车子这些他们最初不曾想象的问题一涌而出时，温静仍然是怀着希望和勇气的。她还记得在高中的校友录上，杜晓风留言说："奥运会那天，温静就进我们家门了！"

很多同学在下面留言，调侃着他们，嚷嚷着要吃喜糖。

连鲜少上线的孟帆，都写下"恭喜"两个字。

温静觉得然后他们就应该带着这么多的祝福，过上平凡的日子。所以，在那个夜晚，被杜晓风约去她向往已久的餐厅时，其实温静以为他是要求婚的。

开胃菜、例汤、沙拉、主菜、甜品……每一道菜上桌，温静都小心翼翼的，直到最后一客碎花巧克力冰淇淋上来，她还偷偷用小勺碰触杯底，找寻戒指的痕迹。苏苏说去西餐店的话，基本上戒指都是在菜里出现的，waiter 很喜欢配合男方做出这样的设计，尽管温静觉得从冰淇淋里吃出一枚戒指并不怎么浪漫。

那天晚上杜晓风一直看着温静，而他悲伤深切的目光，被她误认为是庄重和执着。

“温静，想去哪儿旅行吗？”杯中的红酒在杜晓风眼中闪烁，红色的光浸透夜色。

“想去塞班！”温静向往地说，“或者马尔代夫！那种地方一辈子一定要去一趟！蜜月就定那里吧！好吗？”

“好啊。”杜晓风放下红酒，酒杯上挂着暗暗的红，恍若最终的美丽余香。“一定会有人带你去的，去很多很美的地方……”

“什么叫有人！你不带我去吗？”温静撒娇地嘟起嘴。

“我……大概不行。”

温静直直地盯着杜晓风，在那一瞬间，她并不能明白杜晓风的意思，她以为他是在开玩笑或者说谎，这一切不可能是真的。

然而看到杜晓风脸上和她同样绝望的表情，温静才知道，他独自给他们的感情判了死刑，七年的时光，他们竟然就这么走到了尽头。

温静哭了，杜晓风也哭了，两个人抱在一起，温静反复在说为什么，杜晓风反复在说对不起。

温静记得很清楚，那天夜里她把头扎在杜晓风的围巾里，那是她织的围巾，针脚或松或紧，因为织了很久，所以毛线上都是她抹的强生护手霜的味。现在那上面已经布满了杜晓风的味道，连气息都分不清的两个人，可是却终要一东一西。

其实后来她并不常去想分手的那一刻，想起杜晓风时，往往是那些简单美好的事。比如路过 24 路公交汽车站，她就会想起上高中时杜晓风穿过马路骑着自行车停下来的样子，他总是拍拍自己的后座，大方地说“上来”。那时只要温静坐公交车，就会期盼这样的偶遇。以至于多年后等车的时候，温静还会不自觉地看向马路对面。

再比如每每买橘子，她都会想起大学军训时杜晓风去看她的事。他买了一大包的吃的带给她，但是隔着铁栅栏门却怎么也塞不进来。于是他就打开了塑料袋，一个个地把橘子递给她。最后温静抱着满怀的橘子回了宿舍，引起了一片艳羡的叫声。

他们在一起的时间太久了，久到随便什么物件、随便哪个街角都有曾经，久到七年间细碎的幸福也足够积累成永远怀念的程度。然而这些好想着想着就都变成了哀怨，因为当初越是好，日后失去的时候就越痛心，被欺骗的感觉就越敏锐，沉淀下来的苦涩就越刻骨。不被爱是一种痛，但是更厉害的痛是在被爱之后又不被爱了。

“老婆，对不起……”

这是分手那天杜晓风对她说的最后一句话。

老婆后面不是明明应该跟着“我爱你”吗？却为什么是“对不起”呢？这个问题，温静再也没问出来。

她也无须再问，金薇薇就是答案。

江桂明把车停在《夏旅》杂志社门口的时候，温静不禁又把这个答案想了一遍。

江桂明得意地笑着说：“孟帆办公的地方。”

“哦。”温静没有丝毫惊喜，这让江桂明有些意外。他打开车门说：“下来吧，我带你进去！”

“不了。”温静摇摇头。

“怎么了？”江桂明彻底不解，“我好不容易找到个熟人，能从这里帮我淘几本往期的《夏旅》，你不想顺便进去看看吗？”

“你去吧，我在这里等你。”温静没什么好解释的，婉转地拒绝他的邀请，说实话，她不想再见金薇薇第二次。

“不舒服吗？”江桂明探过头问。

“有点。”温静搪塞地说。

“那我不熄车了，开着点空调，外面热。”江桂明重新插回钥匙。

“不用了！我就在外边等你吧，吹吹风。”温静阻止他，下了车。

“也成，那你稍等我下。”江桂明锁上车，过了马路走向杂志社。

温静看着他挺拔的背影，有些功利地想，找这么个金领结婚应该是让所有人都满意的事吧，也可以在金薇薇面前趾高气扬一下。

就这么胡思乱想的温静靠在江桂明的宝来车上四处张望，前边一辆标致 307 停了下来，车后窗上摆着趴趴熊和喜羊羊。温静不禁笑了笑，想着如果在江桂明的车里摆上这些，他会是怎么一副别扭的表情。标致 307 开了车门，温静的兴致一扫而光。

杜晓风站在车前，掏出手机，熟练地拨了个号码："薇薇，我到楼下了，下来吧。"他挂上电话，微微转身，看到了站在路边的温静。

一刹那，车水马龙骤然失声。

3

江桂明抱着杂志和金薇薇一起走下楼，客气地说："谢谢你了，老徐那家伙答应我却偷懒跑了，让你翻了这么久。"

金薇薇笑着说："没事，他是我老师，我责无旁贷！不过还是没凑齐，去年的还好说，再往前的就难找了，把那些样刊翻出来很麻烦……也真怪，这几天来的都是找我们杂志的人。"

江桂明掏出手机说："我把电话留给你，要是找到了，务必打给我。"

"好吧，我尽力。"金薇薇记下他的电话，抬眼瞅了瞅他。

"怎么了？"江桂明纳闷地问。

"你说话的声音和我男朋友特别像。"金薇薇合上手机，笑了笑。

"真的吗？"江桂明歪着头问。

"是啊，你刚进来跟我说话时，吓了我一跳！"两个人步行到门口，金薇薇指着马路对面的307说，"他来了，我让他跟你打个招呼，肯定也吓你一跳。"

"好啊。"江桂明饶有兴趣地说。

金薇薇跑了两步，想要先去跟杜晓风说一声，而她刚走过半截马路，就看见了怔怔的杜晓风，还有站在他对面的、魂不守舍的温静。

"温静……"杜晓风向前一步。

"杜晓风！"金薇薇向前很多步。

金薇薇是擦着行驶的汽车跑过去的，急得身后的江桂明出了一身汗。"慢点！你怎么不看车啊！"杜晓风一把抓过她说。

金薇薇撞在杜晓风怀里，看了一眼温静说："怎么了？你们有事？"

"没，没事。"杜晓风不自然地说。

金薇薇拉住杜晓风的手说："你来，我给你介绍个人。"

杜晓风只得转过身，温静淡淡地看向别处，假装那个保护的拥抱、那双握紧的手都不存在。

三个人的微妙表情，江桂明尽收眼底，他看了眼寂寥的温静，不动声色地转过身笑着向杜晓风打招呼："你好！"

听见如此相似的声音，杜晓风愣了愣，说："你好！"

"怎么样？像吧！蒙上眼睛我肯定分不出你们俩。"金薇薇挽着杜晓风笑了，"这位是江桂明，《梦旅人》大名鼎鼎的当家记者，这个就是我男朋友，杜晓风！"

"不敢当不敢当，你男朋友的声音比我有磁性。"江桂明点头致意。

"哪儿呀……"杜晓风有点尴尬。

"今天我和他要出去吃饭，下次见面咱们再坐下来好好聊聊。"金薇薇转过头，看着杜晓风低声问，"走吧，没别的事了吧？"

"没了。"杜晓风没看温静，掏出钥匙打开了车门。

"好啊，到时让我女朋友也猜一猜。"江桂明眼睛转转说，"对了，还没给你们介绍呢。温静，来一下！"

一直偷听他们对话的温静一下子没反应过来，诧异地指着自己的鼻尖说："我？"

而显然杜晓风和金薇薇更加诧异，江桂明笑着走到温静身边，拉住她朗朗地说："有什么不好意思的！这是《夏旅》的记者金薇薇，这是她男朋友。"

江桂明擅自安排的这样迥然不同的出场方式，让不久前才刚刚会面的三个人都有点难以接受。

温静率先开口："杂志拿了么？拿齐了咱们就走吧。"

"你不难受了吧？"江桂明假装温柔体贴地轻抚她的额头，"不难受咱们就走，我带你吃越南菜，清淡点。"

"嗯，还好。"温静没耐性配合江桂明恶趣味的表演，接过杂志转身向后。

"那我们先走了！"江桂明继续独角戏。

"好！拜拜！"金薇薇礼貌性地挥了挥手，她看着温静手中的杂志，了悟地漠然一笑。

而杜晓风则一言不发地钻进了汽车里。

307 和宝来擦肩而过，宝石蓝和银色的车影上映出一双人的貌合神离。

“如果我今天开的是宝马你是不是更有面子？”江桂明按了声喇叭说。

温静闭上眼没有说话。记忆深处的声音在她脑中闪现，某个人曾经真切地对她说过：“温静，总有一天，我会开着宝马来接你的！”

4

快上高三之前温静和杜晓风一人遇见了一个问题，温静要通过 800 米的测试，杜晓风要拿到篮球比赛的冠军。

杜晓风一直很纳闷，温静不胖也不笨，身材修长，怎么跑起步来就那么慢？温静自己也纳闷，从小到大，仰卧起坐，立定跳远，甚至俯卧撑她都很拿手，唯独长跑，怎么也够不了 4 分钟 30 秒的及格线。

每次和苏苏一起起跑，20 秒后她就看不到苏苏的影子了……而当她气喘吁吁地跑到终点时，除了全班最胖的女孩，其他女生肯定早都已经到了，大家凑在一起喊着“温静！加油！”

黄昏的跑道随着重重的喘息一颤一颤，在呐喊声中，温静摇摇晃晃地向前迈着沉重的步子，她疲惫至极时心里还存在小小的羞愧，不远处男生就在打篮球，这个样子被杜晓风看到，太丢脸了。

那时温静就痛下决心，一定要考过800米！物理不及格，数学不及格，体育绝对不能不及格！

于是从长跑测试前的一个月开始，温静每天早上六点半就到学校了，然后趁着没多少人，围着学校操场跑两圈步。

一周下来，温静手腕上的塑料电子表显示的数字却并没给她太多的信心，正当她越来越沮丧的时候，杜晓风抱着个篮球坐在了她的桌子上。

“下来。”温静垂头丧气地扯扯被他压住的书本说。

“怎么了？”杜晓风歪着头看她。

温静抽出了书，随便往书包里一塞说：“没怎么。”

“明儿早上你还跑么？”杜晓风仿佛若无其事地玩着手里的篮球说。

“跑。”温静不禁叹了口气。

“哦，别烦心了，明儿早上我陪你。”杜晓风轻描淡写地说。

温静诧异地抬起头，杜晓风看着她，有些不好意思地说：“我们反正也要练篮球！我早到半小时就成了。”

温静开心地笑了，杜晓风脸更红，羞愤地说：“笑什么笑！我是顺道帮帮你！瞧你跑那么慢！笨死了！”

温静一把抢过杜晓风手里的篮球，扔在了他身上，杜晓风大声喊疼，两个人追追打打的，笑成一片。

很奇怪的是，追在杜晓风后面的温静跑得一点都不慢，或许是因为她快乐得忘记了跑步的痛苦，又或许是因为跑在前面的那个人根本就没想把她甩开。

第二天清晨温静很诧异地看见杜晓风骑着自行车停在自己家楼下，他跨坐在后座上，早上清爽的风在他周围轻柔地飘着，传来一股淡淡的花草香气。

“你可真够慢的！”杜晓风看看表说。

“你怎么来了？”温静忙跑过去，脸上的欣喜怎么也掩饰不住。

“我要对你特训！你每天要再骑车过去，耗费体力肯定受不了！”杜晓风把书包摘下来往她怀里一塞，蹬上车，慢悠悠地骑着说：“蹿吧！”

温静抱着他的书包，笑得春暖花开。她知道杜晓风是不好意思，他总是假装不在意地为她做很多事，而又说不出像模像样的话来。那时的她还不懂得这是人最初爱恋的可贵，长大后她遇见的男人都会说甜言蜜语，但却再也难以践行。此刻她只是单纯地为这隐秘的关怀而欢畅，迎着晨光，她一颠一颠地朝杜晓风跑了过去。微风扬起了杜晓风的校服外套，刚刚够温静一把抓住。

自行车在红砖楼间蜿蜒而行，车后架那小小的一方，盛载着短暂、轻快，却永存于心的青春。

5

那天之后杜晓风每天都接温静上学，然后陪着温静一起绕着学校操场跑步，在她身旁，紧跟着她，拍着巴掌喊：“快点！加油！坚持住！”

他教给温静，要用舌头顶住上牙膛才不岔气，刚开始跑不能太使劲，不然后头就跟不上了，前 400 米要咬住，后 400 米就能松快点，看见终点不能放松，要冲刺。

不过说到底两个人都年轻气盛，杜晓风不是好脾气的教练，温静也不是耐心的学徒，经常跑着跑着就吵起来，一个说对方太骄横，一个说对方不听话。但是这样的场景通常持续不了多久，因为一般来说，他们没练习多一会儿孟帆就来了。

孟帆是杜晓风叫来的，他是这次篮球赛杜晓风安排的秘密武器。其实孟帆打球的拼抢能力和组织传接都不是很好，但是他有个绝活，就是远投特别准。这点让身为体育委员的杜晓风痛下决心，换掉了摩拳擦掌打算大显身手的焦磊，把孟帆的名字报了上去。焦磊老大不愿意，杜晓风不得不用有限的零花钱请他吃了顿麦当劳才作罢，因为分外心疼巨无霸和薯条，所以杜晓风咬牙切齿地要求孟帆，每天必须练习投篮。

这样的期冀给了安静的孟帆很大压力，他因此更加用功，本来就掌管班门钥匙的他更加早出晚归，每天都比篮球训练规定的时间还要提前 20 分钟到校。

最初看到孟帆，温静还会觉得不好意思，因为让另一个男生看着自己这么狼狈的样子终究挺尴尬的。而杜晓风又缺根弦，没有眼力，有时当着孟帆的面还会大叫："摆胳膊！别趿拉！再慢一点就不及格了！"

好在孟帆不是那种喜欢起哄胡闹的男生，他只是安静地站在那里，轻轻运球，然后眯起眼睛，逆着光投出去。篮球擦过篮网时，会传出令人愉悦的摩擦声，如果是个后仰式三分，那么在一边的杜晓风就会高叫："好球！"而被长跑折磨的温静也能偷偷歇一下，看着那道漂亮的抛物线在蔚蓝的天空中划出彩虹。

等再有其他的男生到校，温静就不跑了，当着那么多人的面，她和杜晓风可做不到亲亲密密地训练，顶多她只是帮杜晓风把书包拿上楼，那还要顺便拿上孟帆的，以此打马虎眼，防止讨厌的男生开玩笑。

每次她拎起孟帆的书包带，孟帆总会客气地道谢。而温静虽然嘴上不说，心里实则在感谢他，只有他知道每天清晨她和杜晓风的秘密，但是她清楚孟帆绝对不会随便说出去。尽管他未免太安静了，甚至让人觉得有点无趣，但他却不是那样惹人嫌的男生。所以温静丝毫不觉得为他拎拎书包有什么的，如果他需要，她可以更好地来报答他的守口如瓶，即使出卖点苏苏与足球小将的事，她也不会太良心不安。

然而孟帆却从来没要求过她什么。

那年夏初，温静就是在自己深深浅浅的脚步声、杜晓风的巴掌声和孟帆的入球声中度过的。三种不同的节奏汇成了令人安详的和弦，翻着沙砾的操场跑道不再那么令人厌恶，相反的，在视野中的篮球少年，等在终点的初恋男孩，北京清晨的寂静和凉爽，让慢慢跑着的温静觉得，就这么一直跑下去也不错。

6

在 800 米与篮球赛之间奔波的杜晓风到底还是撑不住了，温静临考试前的一天，并没在自己家楼下等到骑着自行车的杜晓风。比约定的时间晚了 10 分钟后，温静估计他不会来了，前晚他就说有点打喷嚏，肯定是着了凉。

按照杜晓风保持体力的教诲，温静搭公共汽车去了学校，结果比往常又晚了几分钟。温静看看表，发现离男生集训篮球的时间没多久了，就干脆偷了懒，背起书包直接走向了教室。

而到了教室门口，看到紧锁的大门温静才想起自己没有钥匙，她犹豫着是再跑下楼等有钥匙的孟帆，还是干脆就在这里原地不动等其他人。就在她盘算这个很无聊的问题的时候，孟帆背着书包上来了。

孟帆有点诧异地看着温静，说："今天不跑步了？"

"不了，偷回懒！"温静笑着吐了吐舌头，站在门边等着孟帆掏钥匙。

"杜晓风呢？"孟帆摘下书包，在里面摸索着问。

"他呀，昨天感冒了，所以今天可能不来了。"温静答。

"唔。"孟帆随口应着，专心翻找起钥匙，书包里传出哗啦啦的声音，他一一拿出来看，却又无奈地扔回去，在温静的注视下，他显得着急起来。

"怎么了？"温静歪着头问。

"我……好像把钥匙落家里了。"孟帆有点尴尬地说。

"不是吧？"温静重重地靠在楼道的墙壁上，绝望地叫嚷。

"昨天晚上揣裤兜里，大概回去随便扔桌子上了。"孟帆靠在另一边的墙壁上说。

"算啦！"温静摆摆手说，"今天是适合偷懒的好天气，你也别费心找了。"

孟帆抬起手腕看看表，点了点头。

的确，今天显然没什么时间练习投篮了，再过不了 10 分钟，拿着另一把钥匙的班长就该来了。

两个人同时的沉默，一下子显出校园清晨的寂静。初升的太阳还不够把整个走廊照亮，从窗边看过来，只有孟帆和温静蒙着一层淡淡的光晕。

温静百无聊赖地掏出索尼随身听，塞一只耳机到耳朵里，她抬起眼看了看站在对面的孟帆，拿起另一只耳机递过去说："听歌吧。"

孟帆没想到她的邀请，愣了愣，踌躇地接过耳机。

然而耳机线显然不够一个楼道的宽度，它在孟帆不断退后的手中不情愿地被拉成一条直线。孟帆看着这条笔直的线，窘迫起来，温静看着他小心翼翼的害羞样子，不由笑出了声，而孟帆则更加局促了。

“你呀！哪儿都好，就是太不直率了！”温静干脆一下子撑起身体，大方地走到孟帆那边，挨着他靠在同一边的楼道墙壁上。

“是吗？”孟帆使劲低着头，躲避似的戴上耳机。

“其实你想叫苏苏来看你的比赛吧？那你就去说啊！像那个踢足球的似的，直接约她！”温静努努嘴说，“你不用担心！我看足球小将踢好久都进不了一个球，你投篮可是百发百中！”

温静话里的意思很明确，她是站在孟帆这边的，她觉得在她和杜晓风这件事上，孟帆非常仗义。那么对于孟帆和苏苏的这件事，她也要同样仗义才行。

但是孟帆并没对她这么明显的示好有所回应，他仍然默不吭声，温静侧过脸看他，只能看见他薄薄的嘴唇使劲抿着。

果然，让孟帆去做足球小将那样的表白，就像让足球小将做孟帆这样的暗恋一样的难。温静不由叹了口气，摆弄起手中的随身听，她听的是无印良品的歌。

“喜欢光良还是品冠？”温静没话找话地问。

“光良。”孟帆答。

“哦，我也喜欢光良！”温静眼睛一闪，她兴致勃勃地倒带说，“那就听这首吧，《没你的日子》！怎么样？喜欢吗？”

孟帆点点头，笑着说：“喜欢！”

温静满意地按下播放键，两人的耳机里一起传出了钢琴的伴奏声。

想你是我一生最亮的星

为何陪我到天明

天亮之后却又让我找也找不到你

想我是你窗外孤单的雨

是否还记得叮咛

我不在时你会不会好好照顾自己

温静随着旋律轻声哼唱，两人之间的耳机线蹭着她的胳膊，有点痒痒。孟帆凝神看着窗外，眼睛里装着很多心事，清透的蓝天飘过几朵云彩，在他侧脸上映下淡淡的阴影。

温静以为他不会和自己说话了，然而就在这首歌结束的时候，孟帆突然开口：

“想让她来看比赛，然后漂漂亮亮地投个后仰式三分球！”

温静怔怔地看着他，孟帆还在因为说出实话而脸红，手不自然地交叉着。温静却对他难得的坦白欢欣鼓舞，她慢慢笑起来，使劲点了点头说：“嗯！”

7

测试那天温静800米的最终成绩是4分钟，完美及格。

操场那边打篮球的杜晓风因为太关注女生的测试而屡屡丢球，甚至被孟帆传来的球砸中了后脑勺。男生们不会放过这种机会，大声地取笑他，而这一次杜晓风再没有躲避，他干脆捡起篮球，走到跑道旁，就站在那儿，注视着温静。

在这样的目光下，最后200多米的时候，温静一步步超过了她前面的那几个人。

苏苏在终点处抱住温静，大声地欢呼，向她重复着不可思议的成绩。透过苏苏的肩膀，温静兴奋地直视着跑道边的杜晓风，他痞痞地扯着嘴角笑了笑，朝温静伸出了大拇指。

那时候，温静真想冲到他的怀里。

"还玩不玩啊！"男生们喊杜晓风。

"玩！"杜晓风转过身跑回去，他直接把球传给了孟帆，孟帆晃过人，跳投进球。

一个漂亮的后仰式三分。

温静为背对着篮球场的苏苏惋惜，她觉得苏苏真应该看见这个进球。

充斥于心的幸福感，会使人做出各种善良的决定，陷入恋爱中的人们因而有着难以置信的单纯与美好，温静在那时就想着，一定要帮孟帆一次，至少要让苏苏也看到他这么多天来的努力。

简简单单的竞技，在少年时却会毫不吝惜地为之奉献青春全部的力量。那一刻，场上的人会成为绝对的主角，仿佛一个进球就决定一切，或许因为格外的认真，男孩子们奔跑的身影闪着不可一世的光亮。而场下的女生真心地盼望着胜利，她们聚在一起鼓掌喝彩，最羞赧的女孩也会喊一声加油。她们眼中的不仅仅是篮球，某个人高高跃起的身姿，也许就被铭记一生。

经历这些的时候并不觉得什么，当身边的人随着年华逝去而终不复返时，才会发现，当初的一切是那么的美好，却再也遍寻不回。

决赛的篮球场上挤满了人，温静抢占了很好的位置，而苏苏却没有陪着她。那天足球小将也有比赛，苏苏去那边为他加油了。

两边的比分上下交错，一直到第四节都看不出最终的胜负，杜晓风弯着腰，撑着膝盖大口喘气，孟帆默默防守在外围，汗水浸湿了他的额发，眼里凝结着少有的倔强。

温静在比赛叫停的时候跑去了足球场，她不由分说地拉住苏苏，一路把她拖到了篮球架下面。

“我走了，足球小将真的要生气的！”苏苏无奈地说。

“你至少看孟帆进个球！”温静紧紧地盯着场内说，局势小小的变化，离结束只有一分多钟了，对方却领先 5 分，而因为犯规，孟帆正要去罚球。

站在罚球线边的孟帆抿着嘴唇，有节奏地拍着手里的篮球，苏苏也感觉到了紧张，不再吭声，安静地凝视着孟帆纤长的手臂。

“进不去！进不去！”另一个班的女生一起喊。

温静来了气，揪了揪苏苏，对着她们大声喊：“孟帆！必进！孟帆！必进！”

两边女生鼓噪的声音似乎并没影响孟帆，他抬起手腕，微微屈膝，干净利索地投球。然而球出手的时候，孟帆闭上了眼睛。

温静觉得心都要蹦出来了，篮球绕着篮筐转了好几圈，“咚”的一声，最终入篮。

“好球！”场边掌声雷动，杜晓风兴奋地走过去，一巴掌拍在孟帆的屁股上，孟帆面无表情地从裁判手里接过了球，裁判扬起手，示意准备二次罚球。

第一个进球挫伤了对方拉拉队的气势，“进不去”的声音低了很多，然而就在大家都信心满满地等着孟帆投出第二球的时候，孟帆却后退了几步，从罚球线站到了接近三分线的位置。

场边一片惊呼，大家都不明白孟帆要做什么，杜晓风焦急地大喊：“孟帆，你干吗呢！回去站好了！”

孟帆没有回应，他静静地站在三分线上，高高举起了篮球。

这样的举动引得对方男生一片嘘声，而本班的同学都着了急，苏苏拉住温静，担心地说：“他怎么了？为什么这样啊？”

孟帆俊秀的身姿让温静猛地一震，这个动作她太熟悉了，一个月来每天清晨她都能看到，杜晓风曾经骄傲地跟她说，这叫作后仰式三分。

“看好了,这是投给你看的！”温静自信地笑着说。篮球随着她的话音一起飘落，漂亮的弧线如闪烁的流星，一击即中。

周围迸发出了山呼海啸般的欢呼，几乎要把球场吞没，苏苏捂着嘴不可思议地看着孟帆，一直沉着冷静的孟帆腼腆得红了脸，被杜晓风和其他球员紧紧抱住。拥挤的人群中，他朝苏苏和温静的方向眨了眨眼睛，狡黠得可爱。

温静高兴地向他挥手，使劲把苏苏推到面前，向孟帆示意，她看到了！孟帆冲她露出了满足的笑容。

然而孟帆的罚球并没能改变失败的命运，他们还是输了，哨响后杜晓风直直地躺在地上，男生们都沉默不语，而女生中渐渐有人抽泣起来。

温静吸吸鼻子，大方地走到场中，向杜晓风伸出手说：“起来吧。”

杜晓风眯起眼睛，望着天空说：“要是最后那个球我断下来就好了……”

温静打断他，大声说：“杜晓风，你今天真帅。”

杜晓风愣愣地看着温静。

“帅呆了。”温静笑了。

杜晓风又恢复了痞子式的笑容，支起身子说：“被我迷住了吧？非我不嫁吧？”

“美得你！”

温静扭过头作势转身，杜晓风一把拉住她的手，站了起来，他朝周围的同学说：“走！出去海搓一顿！”

杜晓风揽过孟帆的肩膀，温静挽着苏苏的胳膊，少年时得意失意都算不得数，没被成熟世故侵蚀掉的他们，不相信无能为力，不相信明天会不美好，不相信未来不属于他们。

那天他们都喝了点啤酒，杜晓风骑车送温静回家，夜风微凉，酒意微醺，温静轻轻地圈住了他的腰，额头抵在他后背上。

“温静，总有一天，我会开着宝马来接你的！”

杜晓风借着酒劲意气风发地说，温静笑着点头。大概年少时的女孩都以为自己喜欢的男孩无所不能。温静那时就是这么地信任杜晓风，觉得他一诺千金，觉得他天下无敌。

他是真的想对她好，她也真的想会有那么一天，只是他们都不知道，誓言离现实有多远。

8

少年时杜晓风信誓旦旦的话从成年后的江桂明嘴中说出，由最初的温馨变成了一种讽刺。

“杜晓风就是你的初恋吧？”江桂明毫不掩饰地捅破温静刻意隐藏的过往，也不知道为什么，想到那个和自己声音如此相像的人，他就有点生气。他聪明过人，自然会把这种相似与温静的友好联系起来，这让一向自信的他有点挫败感。

温静看着侧视镜中渐行渐远的 307，淡淡地说：“嗯。”

那辆车是 K 打头的新车牌，杜晓风最初的工资只有两千多，不要说宝马，连辆

QQ 都买不起。而温静自然也不会执拗于十几岁的诺言，年轻时的梦想大多在长大后被现实冲散，在人群中能继续紧握双手，即使不再是当初的感觉，也已经可以称得上幸福了。

但是温静从来没坐过这辆车。

尽管连车牌号都是她一早想好的，她最终却没机会享用。

“JF126！”温静当初是那么兴致勃勃地期待着说，“静和风，我生日是 1984 年 1 月 26 日，你是 1983 年 12 月 6 日！正好！”

“为什么你在前面？”杜晓风有点心不在焉地问。

温静并没发觉，她俏皮地眨眨眼说：“因为 FJ 不好听啊！要分家啦！”

杜晓风没再说话，只是扯着嘴角随便笑了笑，他们很幸运，JF126 这个号一选就中了。

后来温静回忆起来，那时杜晓风的笑，未免太过萧索。大概那时他已经认识了金薇薇，开始了欺骗，开始走向了另一边。只不过她再也无法提醒傻兮兮的自己小心，车牌号下来的时候，他们已经分手了。

“要我说你也别找这些杂志了。”江桂明瞥了眼温静怀里的《夏旅》说，“费那么大劲干吗？与其打着孟帆的旗号想杜晓风，不如干干脆脆地把话跟他说清楚。而且，你也有点自私吧？我每天跑前跑后的，不是为了帮你回忆杜晓风！我是帮苏媛怀念孟帆！你记不记得住孟帆无所谓，但不要浪费别人的好心。”

“不想被忘记。”温静看着窗外低声说。

“什么？”因为烦躁，江桂明并没好好听温静说话，因而也就没发现她眼角的泪滴。

“我说，没谁想被轻易忘记吧。”温静轻叹了口气说，“我觉得人和人之间，从相爱到结束，一段感情没了总是要留下点什么的。就像花谢了，有花瓣落下；纸烧了，有灰烬剩下；星星陨落了，还有流星让人许愿呢……虽然我知道，也许不能这么比，爱情本来就不是这样的，不能捧在手心里，想攥都攥不住。但我还是想，就算以后再也不见面了，就算痛苦比快乐还要刻骨，就算被伤害了，就算流了很多很多眼泪，还是会想留下被爱过的痕迹。因为那是初恋，最初的心动，第一次把自己坦诚地交付给另一个人。所以谁都希望被别人怀念着吧？我不想有一天，到杜晓风很老的时候，有人问他，你还记得温静吗？他却什么也想不起来了，或者只记得有这么个人，连样子都模糊了。那我会很难过的。我明明也被他喜欢过啊！他可以不爱我，但是我想让他记住我。记忆是会超越岁月的。所以，我不能让孟帆就这么被随随便便忘了，不想让他的心意消失，不想把他做过的那些事掩埋在墓碑下面。你不知道，其实我和孟帆是一样的。只不过我还活着，他却死了。”

温静微笑着，眼泪却流了下来。

江桂明觉得那泪光分外夺目，也许是太耀眼了，所以直到温静推开车门跑下了车，江桂明都没反应过来要拉住她。

十字路口，温静的身影转瞬即被人潮淹没。

第七最好不相误，如此便可不相负

那时明明是很认真地喜欢，

却不敢面对面地说出来。

而现在面对面可以说出无数爱，却不能很认真。

这是只有我一个人感悟到的事吗？

我想不是，这只是所有人最初的憧憬和最终的遗憾。

1

愤而向江桂明袒露内心的温静当天就后悔了。

她觉得自己太冲动，就算江桂明指责她自私，那些话也根本没必要跟一个连朋友都算不上的人去说。不能轻易露出情绪是现实世界的潜规则，每一张微笑的面孔下，究竟喜怒哀乐如何，其实谁也不知道。工作后交往再好的朋友，也要有所保留，不可能像中学时那样，连喜欢什么颜色的内衣都彼此清楚。

情感更是隐秘，而温静却在江桂明面前曝光了，被甩掉却仍不愿意被忘记，这样狼狈而卑微的样子，让他看得清清楚楚。

因为在江桂明面前丢了脸，温静决定再也不跟他联系了，反正也没有多深的交情，干脆就权当没认识过。至于苏苏所说的，什么金领啊、发展一下啊，也只不过是空虚的遐想，完全不作数的。当然，温静承认她也有一点点的失落。不过比起她无所保留地展露羞耻，那显然算不上什么。

夏至的时候温静的妈妈病了，热伤风，发烧、嘴上起泡。温静知道，她是在着急自己的事。没有哪个母亲会真心埋怨自己的孩子，絮絮叨叨的啰唆累积起来其实是绵绵的疼爱。

看着躺在床上虚弱的妈妈，温静有些恨自己，不管是事业还是恋爱，她都没能为母亲带来应有的骄傲与满足，相反的，却一直让她操着心。

如果知道日后的自己是这个样子，不但交不上家用，还待业在家吃闲饭，妈妈大概不会想生下这样的孩子吧，温静沮丧地想。

“温静，把空调关了吧。”温静妈妈小声说，不舒服地翻了个身。

温静忙关上空调，拿起一旁的可乐促销品的圆扇，给她扇着风。

温静妈妈睁开眼，朝她感激地笑了笑。

看着她因为这么微弱的关怀就露出温和的笑容，温静突然心酸得想哭：“妈……”

“唔？”

“明儿我就去找工作，其实有个手机大卖场同意录用我了，但是我嫌那工作不好，没去。我明天再问问，他们兴许还能要我呢。”温静低着头说。

温静妈妈看着她，微微坐起来，靠在床头上说：“你要是不喜欢，就算了吧。”

“啊？”温静惊讶地抬起眼睛。

“之前跟你着急，是担心你，但是我这样你就更不好受了吧？就像我感冒，已经很不舒服了，如果再发烧就更难受。你也一样，不管怎么说，和杜晓风的事是个坎儿，现在找不到工作就是雪上加霜了。我也帮不上你什么，前几天你爸爸说再去帮你问问，他有的战友现在还是不错的。所以你也别太烦，就当是空下来好好歇歇吧。”

“妈……”

“你和杜晓风两个人的事，我管不了，但是说实话，这么多年过来了，有什么过不去的？我不懂，也就不问，但是心里头，我是怪那孩子的。可是爱情这东西就是这样，就像两个人拉着一根猴皮筋，后松手的那个人一定会疼。”

温静妈妈缓缓地说着，温静忍了很久的眼泪落了下来。

她未曾想过，原来她心里的委屈，妈妈都是知道的。

"好了，别哭了，回头再哭出了眼袋，你看看你这大半年瘦了多少？我是没你们新潮，有代沟，可是毕竟是过来人，什么情呀爱呀，到最后就是过日子的那点事。谁还天天想我爱谁，谁爱我？有那点心思，你装心里，一个人的时候想想就够了。"

"嗯。"温静擦擦眼泪，点点头说。

"回屋去吧，我再睡会儿。"

妈妈又平躺下来，温静把枕头给她放平，看着她疲倦地闭上眼，才静静地走了出去。

温静哭了一阵心里通透了些，她想兴许妈妈说得对，人都是爱得有限，一辈子下来谁也不能时时刻刻地爱着或被爱着。像孟帆似的，那么地喜欢苏苏，最后到了婚嫁的岁数，还不是一样要找女朋友，要成家。所以留点念想在心里就够了，活在平凡的世界中，能为自己圈起来的心事，也就那么一小块，杜晓风既然已经不在她身边，就干脆放在那里吧。

正这么想的时候，温静的手机响了起来，一条新信息在屏幕上闪烁。温静有些难以置信地看着自己的手机，这个号码起码有将近一年没有出现过了，刚刚好不容易打算放在心里尘封的杜晓风，又轻易地重新回到了现实中。

她颤颤地按下"打开"键，紧张又亢奋的心情纠结在了一起，甚至让她有点不敢去看，而对比她复杂的内心，短信的文字十分简单：

干什么呢？

2

温静攥着手机捂了10分钟，还是没想好究竟该怎么回复杜晓风。

先开始想回“没干吗”，但是觉得这样语气太过冰冷了，也许对方就不再继续下去。

然后又想回“在家呢，你呢？”，又觉得好像语气有点暧昧，从中学时起他们就经常到彼此家中去了，那往往是甜蜜的回忆。

温静因为自己没出息的期盼而赌气，干脆想决绝地不回了，可情感却背叛了理智，说到底，她还是想和杜晓风联络的，哪怕只是这么几个字的短信也行。

“听歌呢。”

温静最后草草写下了这些，为了表示自己没有说谎，她随手拿起桌上的MP4，把耳机塞进了耳朵里。

杜晓风回复得倒是很快，但依然没几个字：“听什么歌？”

“first love。”温静诚实地发回去，但马上就后悔了，她觉得这是种暗示，没准让杜晓风误会她还想赖着他，可惜发出的短信不能半路拦回来，温静忐忑地等着杜晓风的回复。

“哦，我看你半天没回我，还以为跟你男朋友在外边玩呢。”

杜晓风没有因为敏感的歌名而产生反应令温静稍稍松了口气，而他提起江桂明反倒让温静有一丝的雀跃。她想杜晓风还是在意她的，没准因为江桂明的存在而有些吃醋。

“没有，你呢，干吗呢？”

温静本来想反问一句，是不是跟金薇薇在一起，虽然她知道一定没有，杜晓风不会这么明目张胆，但是提起金薇薇她自己先不舒服起来，所以还是没问。

“刚和一个报社的朋友吃过饭，他答应帮忙找孟帆的杂志。这件事薇薇确实帮不上忙，我一直在四处找人，这个朋友还是很有门路的。”

结果金薇薇的名字还是被杜晓风自己说了出来，他热心帮忙寻找杂志所带来的喜悦顿时减去了一半，温静讪讪地摆弄着手机。

“是吗，谢谢。”

“所以你不用太勉强自己。”

虽然温静的短信很简单，但是杜晓风还是很快就回复了，然而他的话里好像另有所指，让温静疑惑起来。

“什么意思？”

这次间隔的时间长一些，大概有一刻钟，温静的手机才再次响起。

“如果只是因为杂志的事，你没必要一定去找江桂明，我听薇薇说他在业内的名声并不好，挺花的一个人，不怎么靠谱。”

温静看着这条短信有点哭笑不得，上次江桂明的事他居然当了真，甚至以为她是为了杂志才和江桂明交朋友的。这大体上是金薇薇的猜测，因为温静和江桂明都找过她，目的也很明显，就是为了杂志。温静有点生气，觉得金薇薇还在用另一种方式瞧低她，为了几本过期的杂志，她就至于找个男人去奉献身心？虽说杜晓风的关怀让她稍感安慰，但是反过来想，他还是信了金薇薇的臆断。而且他就靠谱吗？如果没有分手，温静又怎么会尴尬到如此境地？

“谢谢关心，我的事我自己能解决。”

温静赌气地回复，杜晓风又隔了一会才回过来。

“什么是你的事？孟帆的杂志？那不应该是苏苏的事吗？你至于吗？”

温静觉得杜晓风莫名其妙，他当初不愿意帮忙也就算了，现在还好意思拿这件事来责问自己？

“老同学最起码的情意，我不像某些人那样，怕这怕那的。”

杜晓风好像一点都没看出温静的讽刺，回复的内容毫不相干。

“温静，你的初恋也不是我吧，你是不是最先喜欢孟帆的？”

温静愣愣地看着手机，胸口微微喘息着，她愤愤地关了机，把手机使劲扔到了床上。

杜晓风怎么样都无所谓，不喜欢自己也就算了，喜欢上自己不喜欢的金薇薇也就算了，甚至说一些不中听的话，这都可以。但是他就是不能一而再再而三地否认他们的感情。

那毕竟是存在过的，是她最难舍弃的青春爱恋。明明是两个人的爱情，却只剩下一个人怀念，真的太可悲了。仰躺着的温静感到从未有过的绝望，她想，自己那七年算是白过了。

3

到了 7 月份，温静终于又开始上班了，在西边的一家挺大的手机卖场，做销售员。

用保洁布擦着柜台的时候，温静想起了幼年经常被大人问到的那个问题。

“长大想做什么呀？”

“科学家！”“律师！”“外交官！”

小孩子的回答基本上千篇一律，他们都觉得自己未来会是这么厉害的角色。而长大后，千千万万个想当科学家的人渐渐变成了打工仔、司机、厨师、售货员、小白领……

悲观地说，这就是理想与现实。

乐观地说，世界大概不需要这么多的科学家。

只不过在城市中奔波的人们，在某一天也会停下来想起幼时的话，当然，随着一声叹息，最终还是要任由这些遥远的憧憬消逝在现实的缝隙里。

比如望着光可鉴人的玻璃柜的温静，她一直觉得自己永远不会做服务行业，一是因为她不喜欢，无法忍受跟各式各样的人赔笑脸，二是她看不上，尽管她也学了经济学，知道第三产业是多么重要，但是放在自己身上，她还是有着“那是伺候人的活”这种观念。

可是真正穿上制服，站在柜台旁，温静也不觉得怎么样了。拼命招揽顾客，向他们推荐一款款手机时，想得最多的是怎样才能卖出去拿到提成，至于她娇嫩的小心思，早就被生活的厚障壁挡得严严实实。

或许有哪个激愤的年轻人跳脚说过成长是埋葬青春与梦想的元凶，但是认认真真投身于这个世界的人们很少会关注这个了，也许没什么目标，努力的理由很简单也很无聊，但这就是生活。

刚开始上倒班温静还有些不适应，晚上回来通常会感觉很累，趴在床上马上就睡着了，什么杜晓风，什么江桂明，都统统扔在了梦乡之外。

渐渐空闲下来，温静便又继续寻找孟帆的杂志。倒不是说她还有多大的热情，只是目前来说，实在没有什么别的事让她去忙，而这件事微妙地连接着过去和现在，是她乐意去做的。

苏苏和男朋友去了香港，临走前她来温静家住了一宿，她微微有点婚前恐惧，因此又讲了一遍过去的那些事。半睡半醒间，温静仿佛听见她提起孟帆，结束语是一声长叹，至于为什么叹气，温静记不清了。

第二天送走苏苏时，苏苏还挺高兴的，她答应给温静带一长串的化妆品清单，并且很慷慨地答应会选面膜做礼物。直到转过身去，温静才觉得苏苏的背影有些寂寥。

如果孟帆活着，也许就不是现在这样了吧。

能帮助温静的人越来越少了，这让她更加坚信依赖别人不如依赖自己。想来想去，温静用了个最笨的方法，在网上发帖子。

温静于是写好了一篇文章，在人人网上发了上去。

她没什么文采，上学时语文一直中游，费尽心思也不过凑够了短短一段话：

《初恋爱——寻“孟”之旅》

这其实是一个寻人 & 寻物启事，所以请看到的人帮忙继续转帖下去。

我要寻的梦是一个叫孟帆的男孩，但是他已经去世了。

我要行走的旅途是一本叫《夏旅》的杂志，但是只想要过期的那些。

请别误会，这不是个玩笑。

孟帆是我的同学，他的初恋是我最好的朋友。

他是在今年春天的时候因为车祸去世的，留给我们的只是他作为记者在《夏旅》杂志上刊登的文章。

（附：孟帆的《又见槐花飘香时》）

不知道看完这篇文章的你会不会想起自己的初恋？

我就想起了，或者说我从来没忘记过。

初恋这东西很好也很坏。

好的是，我永远记得我的初恋是谁。

坏的是，我往往失去了他。

初恋这东西很坏也很好。

坏的是，我不知道我是谁的初恋。

好的是，不管是谁他一定记住了我。

看到这里的人，如果你有《夏旅》这本杂志，请发邮件到 wenjing_firstlove@163.com，我会和你联系。

如果你没有，但只要你有过初恋，能体会这种心情，请帮我把这个帖子转发给另一个人。

这是给天堂里的那个人的回信。

是真正的寻梦之旅。

4

温静的帖子又引起了老同学的一阵唏嘘，但是很快就销声匿迹了。这是温静意料之中的事，网络很大，大到看过的东西转瞬就忘了，大到谁也不愿意在哪里停留下来，大到什么心意都可以沉入深海。

从每天登录几次邮箱，到几天登录一次邮箱，慢慢地温静几乎不抱期待了。尽管也会不甘心，但是这就是这个世界的态度，对死去的人，对消逝的爱，仅仅是浏览的时候在心里打了个旋，然后马上就忘记了。

所以当在超过对方发送日期五天后，温静在自己的邮箱里看到一封关于《夏旅》的来信时，她惊讶极了。

发信的是一个高中生，她在附件里放了几张杂志的图片，以确定是否就是温静需要的那些。

信的最后，她有些疑惑地问："我妈妈说也许是个骗局，但是我没发现这个杂志有什么地方能让你骗到我，既没有抽奖也没有要我的手机号码。（PS：取杂志的邮费可要你出！）我就是觉得有意思所以才给你发邮件，你说的是真的吗？真有这样的人吗？"

温静修改了好几遍，生怕把这个女孩吓跑。总算措辞说清了她不是骗子，孟帆确有其人，她会承担往返邮费等等问题。

发出了邮件，温静立刻迫不及待地打开了邮箱附件中的照片，那里面有一篇孟帆的文章，是她从来没看过的。大概是在做关于博物馆的相关专题，所以那篇文章的大标题是《北京·馆》。前面写的都是行走于北京各个特色博物馆的介绍，而在中国科技馆那篇的最后，温静看到了属于孟帆的别致文字：

随着科技的发展，我原先来这里参观的那些设备因为都已不稀奇而被替换下来了。

抛物面传声装置是少有几个留存下来的。拍照这天，我对准焦距的时候，还有一个孩子在和她妈妈做远距离的对话。我不知道他们说了什么，但是看到那孩子欢快的笑颜，我想传来的一定是很美妙的声音。

这个像大锅盖一样的橘红色物体使相距 50 米的两人能够说着悄悄话。我曾经也站在它面前，有点紧张地对着中心点。那是我们中学时的一次旅行，遥远的另一边站着我喜欢的女孩。有那么一瞬间，我想通过它说“我喜欢你”，但是胆小的我最终什么都没有做，只一愣神的工夫就被其他男同学拉了下来。

那时明明是很认真地喜欢，却不敢面对面地说出来。

而现在面对面可以说出无数爱，却不能很认真。

这是只有我一个人感悟到的事吗？

我想不是，这只是所有人最初的憧憬和最终的遗憾。

那个传声器不能存储，否则在转瞬即逝的声音里，大概可以寻觅到很多爱。

5

孟帆笔下的旅行其实是一次团日活动，由校团委组织三个年级的团员去做的学习考查。

不过对于温静他们来说，这样的活动基本上就和出去郊游一样，因为只要是同学们一起从教室里走出来，那么去哪里都一定是快乐的。所以辅导员还没训完话，他们作为中间年级就先一步偷偷溜走了。

这种事通常是杜晓风带头，他们几个男生先叽叽咕咕地商量好，再给女生一个眼色，大家就瞅准机会躲在低年级同学的后面跑出了老师的视线，连老实的孟帆也被他们拉了出来。

“团委老师会不会生气啊？”温静怀着亢奋的情绪紧张地说。

“不会！咱们又没到外面去！科技馆嘛，就是要多动手，少动口！”杜晓风毫不在乎地说。

“那咱们去哪儿？”苏苏还缩手缩脚地低声问。

“去二层呗！别让老师撞见咱们！”杜晓风指指楼上。

“老师看这边了！”

不知道是谁喊了一嗓子，他们这些做贼心虚的人一轰而散，一起往楼上跑去。

纷踏的脚步声中，扑面而来的青春气息挤作一团，人群中的温静突然觉得谁抓住了自己，她抬起头，看见杜晓风朝她露出了狡黠而羞涩的笑。

在那么多人中间，杜晓风牢牢地牵住了她的手。

到了楼上他们再不忌惮，即使没有现在科技馆里那么多有趣的高端设备，他们仍然被眼前新奇的仪器所吸引，这就是电脑时代之外的快乐。

从倾斜的小屋出来，温静和苏苏看见孟帆独自一人站在一个器械旁，拉起了一个很大的泡沫。他的样子很认真，手稳稳地扶着拉杆，肥皂泡在他的操纵下闪烁着微光，衬着他的模样显得更加清秀。

温静瞄了眼偷偷看着孟帆的苏苏，一把拉住她，笑着说："走！我们也过去玩玩！"

苏苏扭捏地跟温静走到那个器械跟前，看见她们的孟帆紧张起来，手一晃，拉杆就掉了下去。

"难吗？"温静兴致勃勃地拿起拉杆问。

"还成。"孟帆简单地回答。

"咱们一人一个，看看谁的泡泡最大！苏苏，你用那个杆，快点！"温静有意开他们的玩笑，苏苏不好意思地拿起拉杆，瞪了温静一眼。

"手要放平。"孟帆提示苏苏。

"哦。"苏苏脸红了起来，温静在一旁看着，哧哧地笑。

她们和孟帆分别拉起了很大的肥皂泡，尖叫着让别的同学过来看。男生们一涌上前，有淘气的还故意比画出捅破的姿势。温静他们忙大喊不要，玩得格外热闹。

杜晓风站在温静对面，温静透过七彩的泡沫看着他，熟悉的眉眼蒙上了一层透明的光芒，梦幻得不近真切。

而另一边，在苏苏的位置上也能清楚地看见孟帆，但是苏苏一直没好意思抬起头。直到周围人发出惋惜的叹声，她才看向孟帆。

原来孟帆撑起的泡沫破了，高高的架子上只剩下滑落的水滴。

肥皂泡美丽却易碎，那时大家不过笑了笑，可是现在想起来，总有点宿命的预兆。

那个少年最终如同他手中的泡沫，轻轻地升上了天空。

抛物面传声器在屋子的两端，大家商量好，男生站在一边，女生站在另一边，然后一组一组地站上去说话，等下来的时候，再告诉对方说了什么，看看这个东西是不是真的那么灵。

最开始大家还只是说“听得见吗？”“你好！”“有人吗？”之类的，后来越玩越开心，就出现了“恐龙特级克塞号！”“舒克舒克，我是贝塔！”“乱马变身吧！”这样搞笑的台词，他们都争着说出无厘头的话，然后惹得其他人一起大笑。

轮到温静和苏苏时，对面站着的恰巧是杜晓风和孟帆。

就像他自己写的那样，孟帆站在橘红色抛物面前，仍然局促着。

温静和苏苏使劲把耳朵贴着中心点，期待听到什么特别的话，等了很久，那边才悠悠传来一声呼唤：“在吗？”

“在！”温静笑着替苏苏回答，苏苏捶打着她，却又偷偷摸摸地朝传声器靠近。而空气中再没有传来一丝波动，据说能聚拢细微声音的仪器，却始终静悄悄的。

“孟帆！行不行呀！”杜晓风嘻嘻哈哈地推开孟帆，走上来喊，“温静！”

“叫你呢！”这次换作苏苏嘲弄温静。

温静不好意思地走过去，别别扭扭地小声说：“干吗？”

“听见声音就说是！听得见吗？”杜晓风笑着说。

“是！”温静应道。

“现在呢？”杜晓风放低了声音。

“是！”温静凑近了点。

“这样呢？”

“是！”

杜晓风的声音越来越小，当周围人都几乎听不见时，他突然轻轻地说：“喜欢我吗？”

“是！”温静下意识地回答，等清楚地明白过来他的意思时，声音已经先于思维飘到了另一边。

杜晓风高兴地朝她挥起了手，大声说："我也是！"

那时的他们距离 50 米，但是依然可以确定彼此的心意。

6

关上那张图片的浏览界面，温静觉得心里空落落的。孟帆的话仿佛从远方传来，她真的想再回到科技馆看看，即使已经知道那个传声器不能存储，但是站在它面前，是不是在另一个人心中死去的过往便会鲜活起来？

温静鬼使神差地查了 114，找到科技馆的电话拨了过去。

"你好，是中国科技馆吗？"温静礼貌地说。

"是的，您好。"接线员小姐的声音很温和。

"我想问一下，现在科技馆每周什么时间开放？"温静翻翻桌上的日历，看着这周的倒班休息日问，"周四会开吗？"

"很抱歉，我们已经闭馆了。"

"闭馆？为什么？"温静惊讶地问，日历被她一下子弄倒了，标满时间的纸哗啦啦地翻过。

"现在在集中建设位于奥林匹克公园中心区的科技馆新馆，所以从 7 月 1 日起现馆终止开放，9 月份新馆会完工，欢迎您届时到新馆参观！"

接线员小姐温柔的回复没能抚慰温静的失落，她喃喃自语：“关了？”

“是的，非常遗憾，如果您 6 月底打来电话还可以参观，闭馆之前我们曾经向社会免费开放了 8 天。”

“新馆里还有抛物面传声装置吗？”温静怔怔地低语。

“这个……我不太清楚。”接线员小姐对于这种古怪的提问没了应对的办法。

“即使有也和以前不一样了……”温静自己说出了答案，她吸了口气，勉强笑着说，“谢谢你，再见。”

挂断电话，温静随意地靠在了椅子上，她仰望着天花板，觉得好像过去的所有事都在跟自己作对。她越想找回来，它们就越急于退出历史舞台。也对，新鲜的总是好的，过去的总要消亡，哲学的真理，在生活中也一样用得到，只是人的情感不甘心就这么接受罢了。

两日后温静收到了女孩寄来的杂志，因为不是很珍爱的东西，所以保存得并不完好。好在属于孟帆的那一页还是干净整齐的。温静郑重地把杂志放在书柜最中间的位置，看着那薄薄的一点书脊，她满意地觉得，自己还是做了件成功的事的。

从那以后，温静开始每天都打开邮箱看邮件，即使没有人给她发信，她也不再沮丧。那本邮寄来的杂志给了她信心，让她相信这个世界是由某些大家都能感受到的东西微妙地联系着的。

不是只有自己一个人在怀念着，不是只有自己一个人被遗忘着，不是只有自己一个人在执着着，不是只有自己一个人被感动着。

这是孟帆在天堂给予她的力量。

于是温静的帖子被一个个陌生人转载到她自己都想象不到的地方，网络中逐渐流行起关于“初恋爱——寻‘孟’之旅”的讨论，在仅有一点点的质疑声音消失之后，紧随而来的是各式各样的人对初恋的感怀。而孟帆和他的杂志，反而变成了一个符号，被赋予了与众不同的含义。

“说起初恋，不管多小的事都会记得吧？”

“后来又去过很多次那个公园，但是怎么也找不到和她在一起看到的那个很美丽的湖，我看着脚下泛绿的死水，恍然大悟，有些景色是只有初恋时才能看到的。”

“我初恋的那个人只跟我说过一句话，他说：你是 ×× 的妹妹吗？”

“我想我大概不会忘记他，即使有人为我奉上钻石，也比不上他掰给我那半块橡皮的感动。”

“那时我们明明不大，也没发生过什么事，但为什么会记住彼此那么久呢？”

“到现在我都不知道，到底该跟她说谢谢，还是对不起。”

“放学后，他吻了我。”

“和孟帆一样，我最后只说了拜拜。”

类似这样的评论渐渐蔓延开来，飘散在这个城市的各个角落。

7

江桂明将最新的稿子交给主编之后在办公区溜达，平时与他相熟的小编辑们正凑在一起，叽叽喳喳地说笑着。

江桂明走过去，搭在她们肩膀上说："又在淘宝上看到什么了？"

女孩们一起回头，笑着说："不是淘宝，是人人网！你玩么？我加你！"

"不玩。"江桂明摇摇头，"挪挪车位、种种庄稼、偷偷菜，有那么好玩吗？"

"还有别的呢！你看这个转帖，是《夏旅》他们家的真人真事哦！"女编辑把江桂明推到电脑前。

看到估计是温静绞尽脑汁才起的题目，江桂明不自觉地弯起了嘴角，略显稚嫩的文字却显露出她的真诚与坚定，她也许自己都不知道，就这么轻易地感动了很多人。

"这事是真的吗？不会又是骗人的吧！后面倒是没加什么看过此帖不转，30天内死者的灵魂就会来看望你什么的。"女编辑说。

"那是她笨！"江桂明笑了笑。

"嗯，行文倒是有点傻气，但是很感人啊！大记者，你认不认识《夏旅》的人？去打听打听！"女人们一向八卦，更不会放过这种缠绵悱恻的爱情故事。

"我认识啊，不过他去世了。"江桂明淡淡地说。

"啊！"他的回答引起一阵惊呼。江桂明指了指电脑屏幕说："就是这个人，孟帆，是我大学时的师弟。"

"不会吧！那就是真事了！"

"他喜欢的那个女孩什么样呀？"

"真可怜！感觉是现实版的莎士比亚悲剧！"

"大记者，你还不去采访一下这个发帖子的人，第一手资料哦！"

"我直觉，凭这个，《夏旅》就要火了！"

江桂明笑着摇摇头走开了，只剩下身后更加匪夷所思的猜测。

他没想到温静会以这种姿态再次出现在他面前，比起别人所关注的背后的故事，他更在意的是这个人。

不知为什么，他好像一下子就能想象出温静坐在电脑前冥思苦想的样子，一遍遍打开电子邮箱期盼的样子，因为里面空空如也而失望的样子，再继续不甘心地发帖的样子。

很奇怪，这么多天来，他明明没怎么想过温静，但是那些画面就如同放小纪录片一样精准地一帧帧在他脑中翩然播出，然后就让他的心柔软下来。甚至刚刚看到"初恋这东西很好也很坏"这句话，有那么一瞬间，他想义无反顾地去温静身边帮助她。哪怕她真的只是因为声音与杜晓风相似而对自己有好感，也还是想去接近她，为她做一些事。

这样的想法令江桂明深深皱起了眉，而心里却有一点轻松和雀跃。

任谁都想好好去喜欢一个人，偏偏又总会患得患失。但是不管多么精明的人，一生中总会为爱无私一次，会有一种牺牲自己成全别人的冲动。没办法让对方爱上自己，那么能为对方做的唯一的事，就是退出。即使深爱着对方，也会微笑地祝福，然后独自一个人承担对方圆满背后的失落与遗憾。徒劳的爱化成对方的幸福，那也是值得的。

电视剧中经常有这样的场景，一脸沧海桑田的人对自己心爱的人说："祝你幸福！"然后一边是美满的生活，一边是舍得的伟大。

从前江桂明对此十分不屑，他坚定地认为，如果自己不是男主角，就没必要继续这出戏目。他才不会像孟帆一样，默默去做痴情男二号，因为他觉得，不是握在自己手中的幸福就不是幸福。

然而遇到温静，却让他真的动了这种念头。

江桂明眯着眼睛看向天空，心想，自己没准被她传染了"孟帆病"。

8

在江桂明还没准备好怎么再次出现在温静面前时，他们却意外地见面了。

那天温静穿着统一的制服，正往货柜里摆放着手机模型。她梳了条简单的马尾巴，就像年纪不大的打工妹，让江桂明看了既心疼又好笑。

温静感觉到有人过来，忙站直身子，礼貌地说："先生……"

看见江桂明的脸，"选款手机吗"五个字生生被她憋了回去。

江桂明身边有一个很年轻的女孩，化了淡淡的妆，清新漂亮，她挽着江桂明的胳膊低下头看着柜台中的手机，而江桂明却一直笑盈盈地看着温静。

温静觉得有什么东西卡在了嗓子里，笑容都僵硬起来。

"我不喜欢三星！我要去看诺基亚和索爱！"女孩仿佛不满意。

"看看怕什么的，都说三星的好使！"江桂明靠在柜台边，温静下意识地后退了一步。

"哎哟！我都说了，我不要三星！"女孩使劲推着江桂明说。

"那边有诺基亚和索爱的专柜！"温静一副好走不送的样子。

"你看这个白的不是挺好的吗？"江桂明不动窝，杵在柜台边指指点点，"小姐，拿这款给我们看看！"

温静极不情愿地拿出样机模型，放在柜台上。女孩倒是被吸引了，拿在手里玩，却看不到江桂明和售货小姐脸上古怪的神情。

江桂明仍旧冲着温静微笑，温静瞥了眼江桂明，低下头将平整的宣传单一点点卷成了细卷。看他带着这么年轻的女伴来，关于他花心的谣传算是得到了证实，而温静不知怎么的就不高兴起来。再想想自己不得不低声下气地被他戏弄，真恨不得立刻扭头走人。

“这多少像素的啊？”女孩看着照相机镜头问。

“500万。”温静不冷不热地回答。

“那还凑合，有粉的么？”

“没有！”

“自带几款游戏啊？下载什么的都没问题吧？哎，你们送卡吗？”

温静不耐烦，抽出一张宣传单递给女孩说：“这上面介绍得比较详细，我们现在不搞促销，不过七夕的时候会有活动，你可以到时候再来。”

“要不七夕再来？”江桂明故作温柔地说。

温静偷偷白了他一眼。

“那我这几天用什么呀？”女孩接过宣传单，讪笑着拉住江桂明说，“要不你先给我买这个，七夕再送我个新的？”

“两位还要吗？要是不需要的话，我就把样机收起来了.！”温静冷漠地打断他们。

“谁说不要了，要！就这个了！”江桂明说。

“啊？别啊！我还想再看看呢！”女孩惊讶地拦住他说。

“今天我还有事，下次送你个更好的！”江桂明连哄带骗。

“你说的！”女孩高兴起来。

温静无奈地看着他们两个，说：“那我去提新机子，请稍等一下。”

“好啊。”江桂明饶有趣味地看着她走远。

“我觉得这个卖手机的态度真不好！”女孩用下巴点了点温静的背影说。

“能这样已经很不错了。”江桂明笑起来。

“什么？不会吧？你真是被虐狂！”女孩瞪大眼睛。

这次交易没让温静有丝毫提成的快感，看着他们站在柜台前头碰头地一起拍照试验手机功能，她心里只一遍遍鄙视着江桂明老牛吃嫩草的行为。

本以为江桂明会跟她说什么，但是他却很痛快地买完手机就走了，这又给温静增加了一些失落。至于被他看到自己在做销售小姐，她已经不在乎了，反正更丢脸的样子都被他见过。在江桂明面前，温静彻底抛却了对中意的人应有的优雅与温和，任由破罐破摔了。

中午打算去后街的成都小吃凑合吃点儿时，温静意外地接到了江桂明的电话，总觉得他不怀好意，所以温静的语气也不再客气。

“什么事呀！要是手机有了问题，就去找我们客服部的人，我可不负责的！”

江桂明朗声笑了起来，说：“口气真够硬的！怪不得人家说你态度不好。”

还人家……温静鄙夷地撇撇嘴说：“我对你态度已经算好的了！”

“我也这么说呢。”江桂明摇下车窗，看着温静的表情，忍不住又笑出声，“不和你开玩笑了！中午一起吃个饭吧！”

“我下午还要上班，没空。”温静继续朝成都小吃走去。

“所以我都买好了呀！”

“啊？”

“回头，回头！”

温静扭过身，停车场边的一辆银色的宝来车窗口，晃晃悠悠地伸出个塑料袋，里面隐约有一次性饭盒的形状。

不知道为什么，看着这样有点滑稽的场景，温静的心情好了大半。

9

“想不到你还有年纪这么小的女朋友！够时髦的啊！”温静使劲掰开木制筷子，结果很不匀称，一边连着尾部未分开的木头，一边则尖尖的。“不过你站在人家旁边，就像怪叔叔一样！”

“我跟你说过我是单身吗？”江桂明把她的筷子拿过来，又把自己掰好的递给她。

“没有……”温静喃喃地说，也是，明明是自己一厢情愿地认为他是单身金领的。

“那我现在说，我单身。”

“啊？”温静抬起头，毫不掩饰自己的惊讶。

“我单身，刚才那个是我表妹，她高三毕业，我答应送她个手机。你没觉得我们俩眼睛很像吗？”江桂明眨了眨眼说。

“哦……哦……”温静心不在焉地说，她回想起自己的态度，觉得又在他面前出丑了，而他说出单身这个消息，让她微微有点脸红。

“最近怎么样？”江桂明问。

“你不看见了，就这样。”温静的情绪低落下来。

“不想做就辞了呗。”江桂明摇摇头说，“你站在那里很不搭调。”

“我也不能这么大了还靠家里养活啊！”温静叹了口气，“我现在也往外四处发简历呢，这里肯定做不长。”

“唔，要不我帮你问问朋友？”

“不用不用！”温静忙摆摆手，虽然基本上她已经被江桂明看穿了，但是找不到工作这样的尴尬，还是不想暴露于人前。

“很坚强嘛！”江桂明笑着拍了拍她的肩膀。

“那……那当然了！”温静因为这样的接触而显得不自然起来。

“比得上猪坚强了！”

恶质的玩笑打消了温静的腼腆幻想，她狠狠甩掉江桂明的手，把盒饭盖上，抹抹嘴说：“喂！你找我什么事啊？就是来看我笑话的吗？”

“不是。”江桂明的眼睛深不见底，温静在里面什么也看不到。

“那来干吗？”

江桂明靠在座椅上，郑重地说：“初恋这东西很好也很坏，好的是我永远记得我初恋的人是谁，坏的是我往往失去了他……”

江桂明还没背完，就被反应过来的温静扑上去捂住了嘴，她的脸颊绯红一片，微微喘息着说：“你……你怎么知道的？”

江桂明指指自己的嘴，温静才发现两个人的姿势过于暧昧，她连忙退回去，慌乱中头还撞到了车顶。

“看到了别人的转帖。”江桂明微笑着说。

“真的吗？”温静还能感觉到手心里属于那个男人的温热，不自觉地把手往身后背。

“嗯！很厉害啊！想出这么好的办法！我的同事们都被感动了呢！”江桂明赞赏地说，“已经有很多人看到这个帖子了，会有更多人看到的！”

“那太好了。”温静满足地笑了。

“你还是想把孟帆的杂志都找全吧？”

“嗯，都已经做到这个地步了，就接着往下做呗！”

“其实你更想找到的是自己的初恋，或者是在跟杜晓风逞强，再或者只是羡慕苏苏拥有那么纯粹的倾慕，而你自己什么都没剩下。”

温静怔了怔，江桂明的话太直白，直白到说出了她自己都没确定的心思。想想终究是被看透了，温静也没什么可隐瞒的，淡淡笑着说："就是这么回事，那天你不就知道了吗？你难不成还以为我多高尚？"

"你还喜欢杜晓风？"江桂明看着前方问，这个答案对他来说太重要了，他没有直视的勇气。

"谈不上喜欢，是不甘心吧！不想随随便便地就这么被抛弃了，不想被他的新女朋友笑话。至少要让他记住我，并且看得起我。"温静坦白地说，"我把初恋谈了这么久，现在这样不算太偏执吧？"

江桂明低头笑了笑，说："是不是觉得做完这件事，自己就解脱了？"

"对！"温静伸了个懒腰，"要不总觉得还差点什么，虽然对不起孟帆，但确实是他的去世才给了我这样的机会、勇气和希望。"

"我会帮你！"江桂明侧过脸看着她说。

"这话你几个月之前就说了。"温静毫不在意地挥挥手，把垃圾装到塑料袋里，"像你这样知道我这么多内幕的人，要在古代，我一定会杀人灭口，可是现在不行，所以，大记者，咱们一拍两散吧！"

温静扶着车门把手，很随意地扭过头说。

而江桂明距离她的鼻尖只有那么一厘米远。

温静惊诧地看着他，江桂明笑了笑说："我不是白帮忙，如果你说话算话，找到杂志就不惦记杜晓风了，那么找齐了杂志之后，你介不介意和我相处试试？"

"啊？"

"乐意吗？"

"我能想想么？"

"不行，现在就回答。"

"必须现在？"

“过这村没这店。”

“那成吧……哎……你能离我远点么？我别扭。”

江桂明满意地坐回到自己的位子上。

温静满脸通红，不停玩着手里的塑料袋，都答应了她才觉得太仓促，好像被江桂明设计好了一样，但是当江桂明说“过这村没这店”的时候，她真有点怕他反悔了。不管怎么说，被在意着，被喜欢着，被疼爱着，是每一个女孩子都期冀的。

温静觉得她兴许太缺少爱了，又或者被苏苏误导，也没准和妈妈一样担心自己没人要，总之她不自觉地被江桂明吸引了，然后现在就中套了。

“你不怕我耽误你呀，我现在可是最低潮的时候。”温静垂下头说。

“我觉得既然你最背的时候都被我遇见了，往后应该不至于这么倒霉了吧。”江桂明笑了笑，“你都不怕我耽误你，我怕什么呢！”

“我都被耽误七年了，没我怕的了。”温静扬起头，看着窗外说。

江桂明望着眼前不卑不亢的她，突然很想把她一把抱在怀里。

“温静，我……”

温静一下子笑了，江桂明蠢蠢欲动的手慢慢停住，疑惑地说：“怎么了？”

“我发现你说话声音真是太像杜晓风了！”

“你这人太没劲了……”

第八最好不相许，
如此便可不相续

两个人就这么一直牵着手，

听着音乐慢慢消失，看着黄昏变成黑夜。

他们幸福地觉得自己拥有了世上最珍贵的宝物，

以为第一次就是恒久不变的许诺，

却殊不知第一次其实只是开始，

而远远不是最后。

1

那天下班以后，温静又在手机大卖场外见着了江桂明。

他说要表现出色，所以送她回家。从没享受过这种待遇的温静，受宠若惊。

坐在副驾驶的座位上，看着窗外的华灯，温静不自觉地想起了杜晓风。终于有人开车来接她的时候，他已经消失在了她的生活之外。

江桂明问："怎么了？"

"没什么。"温静系好安全带说。

只是还是有那么一点点惆怅。

回到家中，温静打开了人人网，她想不到居然有这么多人转了这个帖子，因而有着一种成就感。

就在她醉心于每天都上升的转帖数字时，她看到了今天来访者的名字：

杜晓风 14：22

金薇薇 16：15

温静彻底愣住了。

金薇薇是看到了杜晓风的转帖，才突然决定去温静的主页看看的，女人很灵敏的第六感让她轻易看到了杜晓风在那里停留的痕迹。这算不上背叛，但是仍然足够令人憋屈难受。

前女友对现女友来说，永远是别扭的存在。虽然从名字上就已经用时间做了划分，但是在不同的岁月里，她们确实分享了同一个男人，这是即便明晰如时光也无法解决的问题。

金薇薇在临下班前的那一个钟头里，近乎神经质地一直在翻找关于杜晓风和温静的蛛丝马迹，人人网可以互相送虚拟礼物，金薇薇就仔细查看了温静的礼物清单，看杜晓风有没有送她什么，结果一无所获。然后她又看了杜晓风的账号，仍然没发现什么。

猛地靠回椅子上时，金薇薇才感到自己出了汗。虽然看似那两人之间什么也没有，但是她一点都没轻松，不知道为什么，她隐隐觉得他们还是联系的，以一种自己无法了解的独特方式，一直联系着。

其实金薇薇并不擅长猜忌。所有女孩子最初都是天真烂漫的，她们相信爱情，相信天荒地老，相信永不分离。而最后，在爱情破碎的微光里，在天荒地老成为童话，在永不分离成为永不相见的时候，她们开始成长，身体变得成熟，瞳孔变得深邃，誓言变成谎言，妒忌变成心机。

金薇薇那时没发觉她已经做了以前自己不会做的事，她只是在害怕着，在七年的时间里，在她没参与过的生命中，她不了解的杜晓风一直用疼爱她的方式疼爱着另一个女人，而她什么都不知道。

下班后杜晓风依旧准时到《夏旅》杂志社楼下接金薇薇，看着安静地停在路边的小车，金薇薇突然涌上了一种陌生感。

JF126，有着什么特殊的含义呢？

杜晓风下了车，微笑地向她挥手，而金薇薇却满怀疑问地沉着脸走了过去。

“今天累吗？”杜晓风打开收音机调到 FM97.4 问，他平时喜欢听 FM103.9 的交通广播，而金薇薇则喜欢听文艺广播。

“还行。”金薇薇淡淡地说，“一会去哪儿吃饭？”

“我有点事，不陪你吃饭了，送你回家吧。”杜晓风一边开车一边说。

“什么事？”金薇薇拿起他放在车前挡上的手机，手机座是可爱吐司猫，这车里的一切都是金薇薇亲自选的。

“给客户发邮件。”杜晓风看了看左侧镜子，打算并线，送金薇薇回家，在这个路口要左转的。

“哎，别转了，买点东西去你那儿吃吧，我爸妈都不在，没人给我做饭。”金薇薇扶着他的胳膊说。

杜晓风一怔，“嗯”了一声，继续直行。

金薇薇合上手机，用余光看着他。

手机里什么都没有，而他的神色像什么都有。

2

到了杜晓风家，两人随便买了点菜，金薇薇是不会做饭的，每次都是杜晓风来做。

其实杜晓风刚毕业的时候也什么都不会，他和温静经常糊弄出古怪的不像饭的饭来，然后彼此嘲笑，再一起打闹。不知从何时起，他们都有了自己的拿手菜，但是还没来得及品尝几回，就彻底分开了。

往锅里放鱼的杜晓风猛然想起，自己大概从未给温静做过这道菜。

但是也仅仅一想，鱼入锅起了油烟，他微微眯着眼睛，赶紧往里一勺勺地放佐料。生活就如同这腾起的烟雾，过往模糊一片，转瞬即逝，根本来不及去琢磨了。

金薇薇没在厨房里陪着杜晓风，她在房间里转悠，从床头到书架一处处仔细地看。以前熟悉的一切都变得陌生起来，东翻西看的她也不知道自己要找什么，只是想把心中的疑惑亮出来，然后证明是或不是。而她并不清楚，有些事情比起水落石出，更适合石沉大海，因为找到的答案，并不一定会让她开心。

可是没有谁能够阻止她去经历，金薇薇看到了一个牛皮纸大信封，它半封着口，就像潘多拉的盒子一样，吸引着她一步步走了过去。

“薇薇，吃饭吧！”杜晓风推开门。

金薇薇坐在床上愣愣地没有动，甚至连头都没抬。

床单上铺了好几本花花绿绿的《夏旅》，有的已经很破旧了，一看就是经了很多人才四处搜集来的。

“这是你替她找的？”金薇薇轻声问。

杜晓风垂下眼睛，静默了一会，说：“嗯。”

“为什么不告诉我？”金薇薇的声音有些颤抖。

“我知道你为难，所以就没找你，托了别的朋友。”杜晓风走过去，把杂志归拢起来。

金薇薇一把按住他的手，愤愤地高声说：“你们其实一直联系着对吧？你不能接我下班的那几天就是跟她出去了对吧？你们想怎么样？你到底想怎么样？”

“不是。”

杜晓风仍然整理着杂志，手臂上留下金薇薇抓出的一道红印。

“你怎么能骗我呢？”金薇薇哭出了声音。

“我没有……”

“没有你干吗去找这些杂志！不是为了她吗？不是要给她送去吗？”

杜晓风话还没说完就被金薇薇迎面扔来的一本杂志打断了。

已经残破的杂志内页散了出来，在两人之间绽开，飘飘洒洒地落了一地。金薇薇愣住了。杜晓风没有说话，低下头一张张地捡了起来。

“孟帆和苏苏是我的同学，温静也是。我不仅仅是为了温静，也是为他们，或者说为我们这些人。而我们是什么样的，你根本不知道。”他把杂志小心地装在了牛皮纸信封内，也不看金薇薇，转头向门口走去。

就在金薇薇想叫住他的时候，他停住了，背对着金薇薇淡淡地说：“我没想和温静见面，这些杂志我是想快递给她的。”

3

收到杜晓风寄来的杂志那天，温静下班后和江桂明出去吃饭了，江桂明照例开车送她回家，两人在楼前说了会话，温静目送江桂明离开，转身进楼门正遇见妈妈出去。

被母亲撞破自己的约会，温静有些不好意思，而妈妈也没问什么，若有所思地和她一起上了楼。

一直到快睡觉的时候，妈妈才拿着杜晓风寄来的快件走进了温静的房间。温静纳闷地看着她，妈妈顿了顿说:“这是晓风寄来的，我也不知道是什么。看到今天楼下那个男的，本来我不想给你了，但是又怕有要紧的事。不管他送了什么来，你都要想好了，过去的就是过去了，别因为以前耽误了以后。”

突如其来的包裹让温静十分惊讶，她懵懵懂懂地接过来，快递单上的字迹模糊不清，但是发件人那栏还能看到杜晓风签字的痕迹，他写风字的时候喜欢把最后一笔拉长，从中学时就这样了。

妈妈没留下陪她一起看，只是帮她带上门，然后就静静地走了出去。

温静拆开了信封，看到了六本《夏旅》杂志，从 2005 年到 2009 年，每年的都有，而除了杂志，里面再无其他，他连张字条都没有写。

温静把杂志铺开，有一本散了，杜晓风小心地用曲别针一页页别好，还有一本封面破了，他特意包上了书皮。温静之所以知道是他包的，是因为看下面剪开的痕迹就可以辨别，与别人包书皮时通常把底边剪成正梯形不同，杜晓风一直都是剪倒梯形。

杜晓风会包书皮还是温静教的。

那时他们正在念高一下半学期，没有那么要好，虽然心里有了不一样的情绪，但说到底仍只是刚刚懂得什么叫喜欢的小孩子。

两个人坐前后桌，看同一本书的时候就多了说话聊天的机会，因而杜晓风不是忘带这个就是忘带那个，而温静尽管每次都好像不耐烦，不过从来没拒绝过。老师让同学们拿出各种练习册，杜晓风便会敲敲她的肩膀，每每这时，温静就向左转过身子，默契得不得了。

偶尔讲到她会做的题，温静也会开开小差，翻翻杜晓风的铅笔盒，掏出块橡皮抠着玩，再或者嘲笑他的字难看，桌面不干净，书乱七八糟。

“你看你的笔记本！都卷边了！难看死了！”温静嘟着嘴，指指杜晓风的本子小声说。

“你的呢，我看看。”杜晓风侧过头往温静桌子上看去。

温静转身拿起自己的笔记本，得意地递给杜晓风：“喏，红色的荧光纸，好看吧。”

“唔，还不错。”

杜晓风随便看了看，突然往后一靠，把书皮拆了下来。

温静够不到她，回头看了看老师，急着压低声音说：“你干吗？”

“你这个这么好，送给我吧！”杜晓风坏笑着用拆下来的书皮包在了自己的笔记本上。

“讨厌！还我！你自己不会包啊！”温静愤愤地说。

“我不会包书皮啊。”杜晓风把笔记本藏到自己的位斗里，重新趴到桌子上说，“要不你教教我？”

“你先还给我！”

“你教会我，我就还！”

无奈之下，那天中午温静开始教杜晓风包书皮，两人随便从当代歌坛里抽出一张李玟的插页，孟帆正巧过来发语文作业本，温静替杜晓风拿了，气鼓鼓地说：“喂，你看好了啊！只教一次。”

杜晓风笑了笑，漫不经心地坐在一旁看着。

“先比大小，然后画下一个点做标记……按照这个折个印儿……剪子给我！剪一下这里，是正梯形！你剪反了！笨！……然后折上去……把边都封好……杜晓风！你到底听没听啊！认真点！”

两个人嬉笑怒骂地包好了书皮，李玟的脸在正中央，脖子的部分写着专辑《暗示》

的名字，眼睛里带着说不尽的魅惑，而放在语文作业本上，却变得十分滑稽。

杜晓风看了看，拿过笔，在她的脸颊上写下大大的“高一(3)班 杜晓风”几个字，书皮顿时显得更加惨不忍睹。

温静翻了翻白眼，伸出手说：“好了，还给我吧！”

杜晓风举起作业本，对着阳光眯着眼看：“这个没你那个好看呀，算了，我还是要那个吧。”

“杜晓风！”温静气得高声叫。

“哎！”杜晓风丝毫不以为意，笑着说：“要不这个给你？”

“我才不要呢！”温静咬着嘴唇说，“那上面还写着我的名字，你也用不上，快给我！”

“没关系，笔记本，反正也不用交老师。”杜晓风挥挥手，“那这个我也要了！谢谢啊！”

杜晓风心满意足地把作业本装在书包里，温静哭笑不得，转身跑走找苏苏去诉苦。杜晓风看着她的背影，笑弯了眼睛。

那个写着温静名字的笔记本，他用了三年。

包上书皮的杜晓风依然邋遢，很快，红色的笔记本和带着李玟的作业本都再次残损。温静懒得管他，只是心疼自己的荧光纸。

到后来李玟的眼睛上撕坏了一角，杜晓风恶作剧，干脆拿红色水彩笔把她的眼珠涂红了，男生们传看着笑，最后还是孟帆用透明胶条替他做了修补，这个作业本才得以坚持到期末。

那时的孟帆就格外干净整齐，他的本子永远都用牛皮纸包好，端端正正地摆在课桌的右上角，清透得像他的人生一样。

摸索着沾染了杜晓风气息的《夏旅》，温静心中已近冰冷的他再次温暖起来，她仰躺在床上，看着独特的书皮，微笑着给杜晓风发了短信。

“谢谢。”温静写着，这是他们分手后温静最温柔的一次回应，她原先以为自己只剩下了埋怨，即使再碰面也只会漠然，万不可能去说出感谢的话。而现在她才发现，在失去的愁绪之后，多了这么些她预想不到的感念。

在一场爱里面，终究是装不下太多恨的。

4

温静把杜晓风给她的杂志整理好，放进了书柜里。

现在她家的书架上，已经有满满一层都是夏旅杂志了，其中还有不少重复的。随着帖子的不断升温，越来越多的人跟她联系，甚至有人免费把杂志给她邮寄过来，所以现在温静只是在找缺少的那几期，算一算也就还差两三本而已。

在杜晓风找来的这几本中，只有 2008 年 1 月刊写了关于从前的一些事，那是一篇关于城市和音乐的文章，在孟帆笔下，从口琴之都芝加哥流淌出的乐曲，一直缓缓蜿蜒到中学的教室里。

在中国尚不能承受流行钢琴和小提琴的昂贵费用时，口琴曾经是风靡一时的乐器。我高中的音乐课就教过半年的口琴，那时很多学校都开设了这样的艺术培养课，大多学一些好上手的简单曲目。

而平庸的我难得成为了突出的表现者，这一切只是因为我从小学起就额外地练习口琴了。只不过我用的是布鲁斯口琴，也就是唱响芝加哥的蓝调口琴，而老师给大家采购的是复音口琴，更通常使用的款式。

会吹奏布鲁斯使我受到了老师的青睐，如果一堂课结束后还富余一些时间，她就会叫我站起来吹一首曲子，《爱尔兰画眉》《少女与水手》或者《dying young》。我总是很紧张，到现在仍然记得使劲攥着口琴的冰凉感觉。

为了应对难以预测的点名，不在同学面前丢脸，我那个学期每天回家都会练习口琴。而这么努力还有一个不为人知的原因，我发现我喜欢的那个女孩似乎很喜欢听，她坐在那里，眯着眼睛，静静仰着头，手指在课桌上轻轻敲打出节奏。午后的阳光映在她的侧脸上，圣洁美丽，恍若神话。

虽然只是在一间二十几平米的音乐教室里，但是这就是我简陋的舞台，而她是我想为之虔诚献上所有音符的唯一听众。

我那时偷偷准备了一首曲子，《Sealed With A Kiss》，中文译作《以吻封缄》。我想把它吹给她听，因而苦苦练习。我并没有告诉她，这是一个秘密的礼物，虽然所有人都能听见，但是这首歌只属于她一个人。

也许是我太认真了，太想做一次完美的演出了，所以练了很久仍旧不满意，我总是想，还是下礼拜吧，下礼拜一定会更好。可是就在我觉得万事俱备，开始期盼老师点名的时候，她却再也没有叫我，一直到我们的口琴课结束，她都没有空出三分钟的时间给我。

最后一次音乐课的下课铃声响起时，我知道我唯一的表演结束了。那天放学后，我坐在空无一人的教室里独自吹完了这首曲子。音压得很好，优美且悠扬，但这如同我的初恋一样，只能将所有思念对着空气掩埋在内心深处，以吻封缄……

It's gonna be a cold lonely summer
But I'll fill the emptiness
I'll send you all my dreams
Everyday in a letter sealed with a kiss

我想这会是一个寒冷而孤寂的夏天
但我会填满所有的空虚
我会每天从信中寄出我全部的梦给你
并且以吻封缄

5

对于孟帆吹奏的口琴曲子，温静只留下了浅浅的印象。

就像一张老照片，音乐教室被窗外的藤萝挡了半边窗户，照进来的阳光被分割成一缕一缕的，映在老旧的钢琴上，从漆面反射出大片的光。那个少年就局促地站在钢琴旁，光线产生了独特的角度，让他仿若透明。他的白衬衫袖口微微挽起，露出纤细的手腕。口琴轻轻地从他的唇边划过，带着一些青涩的忧伤曲子响起，然后大家就都安静了下来。

而他吹了什么，当时自己做了什么，温静都记不得了。

对于音乐，其实温静并没有怎样地热爱，她也会买磁带，但只是跟着苏苏追逐流行，那些著名的乐曲和著名的音乐家，什么海顿、巴赫、肖邦、莫扎特，她谁也分不清。

而且她稍稍有些五音不全，口琴她也吹不好，曾经被杜晓风嘲笑过，听不出到底是“135”还是“246”。这让她很羞愤，因此迁怒于那把上海牌口琴，在上完半年课后，毫不犹豫地就把它扔在了角落里，现在更是早已不知踪影。

总之音乐课并不是她所期待的科目，所以没有留下美好的记忆。

现在想想，就是像她这样的漫不经心剥夺了孟帆的机会。

对口琴不感兴趣的温静，纯粹把音乐课当作了说说笑笑的休闲时间，当时的音乐教材和杂志一般大，封面有些音符琴键的图片，用书法严肃地写着“音乐”两个字。温静常带一些漫画放在课本里面看，比起小开本的语文书，音乐书要方便多了，即使《读者文摘》这样的杂志也能放下。

有时她也拉着苏苏跟她一起，两人头碰头地看《魔幻游戏》，争论到底是星宿帅一点，还是鬼宿帅。偶尔苏苏也会心不在焉，她真正地倾心于孟帆的演奏，温静只是陪她一起随便听听。

更多的是和杜晓风闹着玩，传一张小纸条，或者说说话。吵架的时候，杜晓风还给她画过五线谱，上面只有三个音符，“5”“2”和全音音符“0”，合起来就是“520”。

那时流行这样所谓的数字语，“530”是“我想你”，“1314”是“一生一世”，“520”的话，则是“我爱你”的意思。这样的表白比起什么口琴曲来，更加会让人记得久远。

他们统一的练习曲目是《友谊地久天长》，女生还好，即使是温静这样的音痴，仍然会跟着老师练习。而男生们常常不耐烦，杜晓风就总在其中吹出古怪的声音。尽管孟帆就站在他身边，音色十分标准，也掩盖不过他故意发出的长音。

这样低沉的动静总让大家爆笑起来，有的男生就跟着起哄，大声叫“谁放屁了”，杜晓风便挥着口琴反击“你才放屁呢”，于是又是一通笑。音乐老师被顽劣的学生折磨得头疼不已，往往维持课堂秩序，就要好一阵的工夫。

那时不以为然的他们谁也不会知道，有一个少年因时间的消磨而慢慢绝望，他默默站在人群中，是那么期待着能为心上人吹完那首歌，然而这一切却在无谓的玩笑中一点点地流逝。

多年之后，温静因此而懊悔万分，可是没有用，那段日子一去不返，终成遗憾。

6

第二天温静下载了《Sealed With A Kiss》这首歌，一路上听着，她总觉得这首欧美情歌仿佛什么时候听过，可是回忆就像游走于手边的丝线，怎么也抓不牢靠。

北京下班的高峰期拥挤异常，在地铁上不用扶着就能站稳，上车的时候，温静都不用自己动脚，就能被涌动的人潮往里挤上去。报站名的广播和嘈杂的人声渐渐吵起来，温静稍稍调高了耳机的音量，闭着眼睛听“It’s gonna be a cold lonely summer”。

“听，是什么声音？”站在她身旁的高中生模样的男生说。

“什么呀？”另一个高中女生问。

“好像是首曲子。”男孩笑着说。

女孩回过头，看了看温静说：“人家听歌呢！”

“哦！”男孩恍然大悟。

温静睁开眼，冲他们笑了笑，两人有些不好意思，女孩仿佛嘲笑了他，男孩抓着她的手嬉闹起来。

看着这样鲜艳夺目的青春，温静不禁有点羡慕。她重新闭上眼睛，恍然觉得男孩和女孩方才的对话有点熟悉，就在什么时候，她好像也曾对谁说过同样的话。

换乘车站到了，地铁里发出中英文的提示音，温静猛地睁开眼睛。

她终于想起来了，孟帆吹奏的曲子，她的的确确听到过。

那时临近期末，学生们都要放假回家准备下周的考试。温静和杜晓风约在放学后再说会儿话，他们俩跑到教学楼的顶层，那是高三年级的领地，楼东面的楼梯自由出入，楼西面的楼梯通上楼顶，所以门长年锁着，于是成了一个学生们聚会、谈情说爱的秘密角落。

温静和杜晓风并排坐在楼梯台阶上，杜晓风拍着手里的篮球，有一搭没一搭地跟温静说着考试的事，抱怨物理多么难，化学的练习册还没做完，聊假期里想去玩什么，升了高三将会有多么恐怖。

温静抱膝坐着，支着下巴颏乖巧地点头，对那时的他们来说，生活不过就是上学和考试，时光慢悠悠的，爱情朦胧，死亡遥远。

孟帆的口琴声从空旷的楼道里缓缓传来，温静按住杜晓风拍球的手说：“听，是什么声音？”

杜晓风侧着耳朵听了听，说：“什么呀？”

“好像谁吹口琴呢。”温静往楼下看去。

“啊？谁会在这时候吹口琴？”杜晓风狡黠地笑了笑说，“不会是传说跳楼的那个女孩吧？”

“讨厌！”温静缩了缩肩膀，坐得离杜晓风近了点，杜晓风低下头，能清楚地看见她微颤的睫毛和薄薄的嘴唇，轻微的接触令人怦然心动，杜晓风的耳尖热了起来。

两人都不说话，轻柔的音乐声若隐若现。

“好像真的有人。”温静拽着杜晓风的胳膊，凑到他身边说。

怀里的人柔软温润，触手可及，杜晓风看着她近在咫尺的侧脸，脑中绷紧的弦轰然断了。

“哪儿呢？”

“就在那……”

温静抬起头，话未说完，就被杜晓风附上的吻打断了。

嘴唇轻触的瞬间所有的音乐全部消失，只留下温暖的气息。

杜晓风匆匆退开，紧张地靠在楼梯的栏杆上，而温静一直傻傻地睁着眼，望着他的脸。

就这么过了好半天，温静才掩住嘴唇，她趴在膝盖上，把头埋在抱紧的双臂中。

“对……对不起。”杜晓风以为她哭了，慌乱地去扶她的肩膀。

温静甩开他，不答话。

“我错了，我不是成心的，我……”杜晓风结结巴巴的，不知说什么好。

温静仍不说话。

“你要不打我好了，我也不知道怎么回事，就是没忍住……”杜晓风拉住温静的手，往自己怀里拽。

“你是第一次么？”温静蒙着脸，小声说。

“啊？”杜晓风脑子反应不过来，愣愣地问。

“初吻，是初吻吗？”

“是，当然是了！我发誓，我绝对没亲过别人！”杜晓风着了急，恨不得找谁来证明自己的真心。

“我也是……”温静抬起头，轻轻地说，“喂，你以后得对我好。”

“嗯！”杜晓风高兴地使劲点点头，紧紧攥住了她的手。

两个人就这么一直牵着手，听着音乐慢慢消失，看着黄昏变成黑夜。

他们幸福地觉得自己拥有了世上最珍贵的宝物，以为第一次就是恒久不变的许诺，却殊不知第一次其实只是开始，而远远不是最后。

身旁的高中生还在说闹，温静看着他们微微笑了笑，关上了手中的MP4。

当初在那首歌的伴奏中，她和杜晓风其实已经以吻封缄了。

第九最好不相依，
如此便可不相偎

落日将她雕刻成剪影，

随风飘舞的裙裾，

细白的脚踝，沾上沙子的手指尖，

是我一生难忘的美景。

1

“徐老师，孟帆……他到底是什么样的人？”

金薇薇趴在格子间的隔断上问办公室的老徐。

“孟帆嘛，挺文静的小伙子，怎么啦？”老徐抬起头想了想说，“江桂明又过来找杂志了？这回不能白帮他的忙！得让他出点血！”

“没有，我随便问问。”

金薇薇摆了摆手，坐回到自己的位子上，愣愣地盯着电脑看。

眼前的电脑是孟帆使用过的，他去世后多少显得有点晦气，在金薇薇来之前就被格式化了，关于他的痕迹丝毫未留，黑色的机身就是普普通通的商务电脑，完全看不出曾经在某个人的手下面，存储过什么又删除过什么。关于孟帆，就像杜晓风说的，她真的什么都不知道。

然而不知道就会有种莫名的探知欲，时间越绵长越深不见底，好奇就越会像小虫子一样滋长，在心尖骚动，然后朝着不可知的地方慢慢爬去。

金薇薇和杜晓风一直在冷战，谁也没有妥协，只是在耗着。从那天起，她就一直执着地问着同事们，孟帆是什么样的人。

前台说，他不迟到，从来没打过电话来，让别人帮他打卡。

图片编辑说，他是对图片很严谨的人，本来以为他出不了什么好片子，但是交上来的图却都很精致，近乎苛刻的精致。

文字编辑说，他对文字非常认真，他的稿子省去了校对的不少麻烦。

流程编辑说，他从来不会迟交稿子。

主编说，他沉默但是努力。

金薇薇问了一圈，好像孟帆在每个人心里都留下了点什么，而这些简单来说就是两个形容词，温和、安静。

如果只用温和、安静来拼凑出一个人二十几年的生命，那么即使再华丽的遣词也只能造出短短一句话。

而这就是孟帆么？就是杜晓风所谓的她不会知道的他们么？

金薇薇并不相信。

究竟是什么让温静、苏媛、杜晓风、江桂明都在执著着寻找，使他们每个人仿佛都遗落在过去？

这个问题的答案只有死去的孟帆，简单到只有两个词就能囊括一生的那个人才能回答。

或许他平凡的生命里真的掩藏了什么神奇的秘密，金薇薇就是抱着这样的想法去窥探孟帆的世界的。

坐在孟帆曾经的座位上，伴随着他兴许也注视过的窗外风景，她泡了一杯据说孟帆也喜欢喝的花草茶，打开了已经沾满尘埃的留下孟帆文字的往期杂志。

那天金薇薇在杂志社一直待到了深夜。

缺少杜晓风呵护的夜晚多了一个人难得的宁静，合上最后一本杂志的时候，她有点失望，里面没有她感兴趣的关于杜晓风的只言片语，也没有她预期的刻骨铭心与深切爱恋，但是她好像懵懂地知道了他们都在找的是什么。

那普通的人生中掩藏的不是珍奇秘密，而是每个人都曾有过的青春，是被遗失的一个遥远却明亮的梦。

2

金薇薇周末去了杜晓风那里，在门口她迟疑了一下，没有用自己的钥匙，而是敲了门。

两个人一周未见，都有些憔悴，杜晓风仍像什么都没发生一样，笑着替她拿她喜欢喝的花草茶。听着杜晓风在厨房里的声音，金薇薇就能分辨出他在做什么，花草茶在第二个抽屉里，勺子则是第三个，她的杯子在上面的橱柜中，和杜晓风的杯子码在一起。

这个屋子是被她改造过的，一点点过去的痕迹都没有，然而过去这种东西，终究还是留在了她看不见的地方。

想到这里的金薇薇在写字台前发现了她不熟悉的东西，依然是陈旧的《夏旅》杂志，旁边还用活页纸写了简要的目录，注明“齐”或是“缺”。

举着花草茶进来的杜晓风静静地看着金薇薇，金薇薇拿起那页活页纸，装作若无其事地冲杜晓风笑了笑说：“这是你整理的？很细心啊。”

杜晓风点点头，没有答话。

金薇薇拿着笔，在那张活页纸上涂涂抹抹，杜晓风上前了一小步，但是还是没有拦住她。

“这些我都有。”金薇薇把纸凑到杜晓风眼前说，那上面所有标明“缺”字的地方，都被她画上了对勾。

“你不是拿不出来么，那么久以前的样刊不好找。”杜晓风接过来，重新折好放在桌子上。

“我可以印呀！”金薇薇盯着杜晓风的眼睛说，“而且你也不要做无用功！江桂明都帮她找了不少了，你的这些人家没准都有了！”

“唔。”杜晓风不置可否地点点头。

他淡漠的态度让金薇薇压抑的不快彻底爆发出来，她一把抓过杜晓风的手机，翻出温静的手机号，径直塞给他说：“给她打电话！问她还缺什么！是不是找完你们就踏实了？就不折磨我了？那我帮她印，我帮她找！”

“薇薇……”杜晓风为难地看着她，眼睛里流露出怜惜的目光。

“打！现在就打！”金薇薇推开向她靠近的杜晓风，固执得甚至有些歇斯底里地说。

“别这样，我不是……”

“你不打，我帮你打。”

两个人对峙着，金薇薇并没有让步的意思。最终还是杜晓风皱起眉，低头摆弄起手机。

“你怎么不打？”金薇薇逼问。

“有些事不用当面说也能解决。”杜晓风淡淡地说，短信的铃音随之响起，他看了看，念道：“谢谢你，还差2005年第8期、2006年1月特刊，和2007年第6期。”

"好，我去帮她找。"金薇薇猛地转过身往外走。

杜晓风一把拉住她，焦心地问："薇薇，你到底怎么了？"

"找齐了就和你没关系了吧？"金薇薇背对着杜晓风轻声说，"我们就能正常了吧……"

她的肩膀不再像刚才那样挺立着，垮了下来，有些颤抖。

杜晓风轻轻地揽住了她，金薇薇抽泣的声音渐渐清晰："你已经忘了她不是吗？你是喜欢我的，你明明亲口跟我说过的……你到底怎么想的呀！"

"你觉得我是什么样的人？"杜晓风把金薇薇圈在怀里，侧趴在她脖颈旁问。

呼吸的气息有点痒，金薇薇却仿佛贪婪地享受般向后靠了靠。

"是讨厌的人！"

"还有呢？"杜晓风笑了。

"不男人！优柔寡断！夹杂不清！"

"还有呢？"

"懒！没追求！没品位！"

"这么不好？"

"就是不好！你还没钱！小富即安！情人节不送玫瑰！一个礼拜不给我打电话……"

金薇薇的抱怨在一个轻柔的吻中化作无声，杜晓风扭过她的脸，直视着她说："你说得没错，我就是这么一个不太行、这样那样都差劲的男人，因为我这么多的不好都被你看到了，所以我只好喜欢你了。"

金薇薇看着他的眼睛，那里面并没有欺瞒与谎言，于是这么多天来的委屈皆化成泪，她扑到杜晓风身上大声哭了出来。

3

收到杜晓风短信的时候，温静正在和苏苏吃饭。苏苏给她拿来了香港买的礼物，并向她展示了漂亮的戒指，她决定结婚了。

温静艳羡地仔细看着钻石，寻觅传说中的八箭八心，苏苏笑她："要不你也嫁了吧，江桂明一定送你更大的。"

"要结婚的人就是不一样，恨不得全世界的女孩都变少妇！"温静瞥她一眼，打趣地说，"也不知道是谁，跟我说总觉得就这么嫁人很可怕，然后就老了，变孩儿他妈，最后还不是被人的60分大钻戒就搞定了！"

苏苏气得来抓温静，温静正左右躲闪，手机响了起来。

"好好好！总算有人收你来了！江大记者果然不负众望！"苏苏抱手坐在一旁，等着看温静不好意思。

而拿着手机的温静格外沉默，她摇了摇头，说："不是他，是杜晓风。"

"杜晓风！你还理他干吗！他不是想吃回头草吧！"苏苏惊讶地说。

"还不是为你的孟帆！杜晓风在帮我找他的杂志呢。"温静一边按手机一边说。

"你别扯着我当幌子！我怎么觉得你们俩有点不对劲。"苏苏凑过来，看温静发了什么短信，"哎哟，还真客气，谢来谢去的！"

"我又不是他什么人，人家肯帮忙自然要谢谢。"温静合上手机，端起果汁喝了一口，鲜榨的东西虽然新鲜，但未免酸涩，温静抿了抿嘴唇。

"我记得当初可不是这样，你们刚分手的时候，他还了你CD，跟你说声谢谢，你还跑来找我哭，说原先好了那么多年，连润唇膏都用一个，如今成最熟悉的陌生人了。"苏苏摇摇头说。

“那不是还不懂么，现在不一样。”温静淡淡地说，“我们俩分开这么久，总也都会变吧。”

“也是，一直在一起就不觉得，仔细想想，杜晓风其实还真变了不少。”苏苏歪着头想，“他以前多会胡闹啊，老师们都头疼死了，你看现在，不也是老实巴交的上班族。”

“他那时候说话直，凡事都不会转弯，敢说敢做的，我都想象不出他跟别人客套起来什么样。他就喜欢说大话，也怪了，我那时竟然全信！”想起杜晓风稚嫩却认真的脸，温静不由得笑了笑。

“可不是！我还记得他毕业在我同学录上写未来梦想，什么第一步是挣500万，第二步是拿着500万买车，第三步是把你带车上，把我扔车下……这人最没谱了！”

“他还写过这个？我怎么不知道？”温静惊讶地说。

“你没看吗？他写完我们还斗嘴呢！”苏苏一边回忆一边说，“不过杜晓风还是挺浪漫的呢，老给你写小纸条什么的，还有画的那向日葵！羡慕啊！”

“你羡慕什么，谁比得上你，这么多年了，孟帆还为你记下那么多事！你可不知道，网上的人都感动死了！我的初恋把我甩了，一拍两散，你的初恋一恋多少年！我羡慕你才是真的！”温静托着下巴说。

苏苏垂下头，紧紧攥住了手里的杯子，杯中的汽水冒出气泡，一股股的，碰到杯沿就消失了。

“杜晓风还活着，可孟帆已经死了。”

空气间飘浮起哀伤的味道，温静拉住苏苏的手，轻轻地说：“别这么说，你再等等，我马上就能把他留下的全部杂志都找来了。”

苏苏抬起头，冲温静感激地笑了笑。

两人刚说完话，温静的手机就又响了起来，苏苏疑惑地说："还是杜晓风？"

温静摇摇头，微微翘起嘴角说："不，是江桂明，他说要送我个礼物。"

"哎？送什么？不会是要求婚吧？"苏苏雀跃起来。

温静羞涩地拍她肩膀，两人欢快地说笑成一团，她们桌上秀气的盒子中，钻石闪烁出明亮的光。

4

温静看到江桂明抱着一个像大号地球仪似的圆球走向自己的时候吃了一惊，餐厅里的其他顾客纷纷侧目，而江桂明则毫不在意地把这个包裹成橘粉色的圆球交给了温静。

"猜猜是什么？"江桂明笑，他脸上写准了温静一定猜不出的得意。

"什么呀？"温静疑惑地掂掂重量，远比地球仪轻很多，她确实猜不出，但笃定一点，绝对不是令苏苏兴奋的求婚戒指。用这么大的圆球装一枚那么小的戒指，未免太滑稽了。

"拆开看看。"江桂明满足地朝温静点点下巴颏。

温静用指甲小心地拨开最上面的封口，那里有一张小卡片，简简单单地写着"桂"字。江桂明很喜欢标明自己的印记，因此包装得格外精心，温静家的抽屉里已经放了好几张"桂"字的卡片，也正因为这样，她不会随意地把包装撕坏。

拆礼物的时候两人谁都没有说话，温静在享受未知的期待，江桂明在享受温静用指尖小心翼翼剥离的轻柔。

圆球被渐渐打开了，里面包了一层层的碎纸沫，这令温静开始怀疑会不会真的放了戒指，直到她熟悉的《夏旅》字样露出一角，她才知道在这个圆球中心放的其实是她遍寻不着的2005年8月的杂志。

“为什么弄成这样？”温静说不清有些高兴还是有些失落，佯作惊喜地问，“放袋子里不就好了？”

“放袋子里你一眼就看出来，包成圆的你一定猜不出是杂志吧？”江桂明对自己的创意很有信心，扬扬自得地说。

“嗯……其实……还挺无聊的。”温静无奈地说。

“怎么了，看着有点失望似的，你以为是什么？”江桂明凑近一点，看着温静说。

“没什么，我哪儿猜得出来……”温静躲闪地往后坐了坐。

“难道以为是戒指？”江桂明狡黠地笑着，一把拉住温静的手，攥着她的无名指，上下摩挲着说，“故意在不经意的时候，量出女孩戴几号戒指，然后出其不意地拿出来……这不是常用到的很通俗的桥段吗？你喜欢这种吗？”

温静红着脸，抽回自己的手说：“我才没那么想呢！你现在可连我的男朋友都算不上！”

江桂明仿佛失落地说：“所以我才那么努力地去找那些过期的杂志呀！”

温静垂下头没有答话，她想起曾经在某间餐厅里，她真的心心念念地期待过戒指，而从那以后，她已经放弃了这种念想了。

为了掩盖那经年尚存的酸涩，温静向江桂明露出了灿烂的笑容。

然而分享这道明媚的，却不止江桂明一个人。

在餐厅敞亮的落地窗外，坐在马路边的杜晓风打了两个喷嚏。

他手里抱着写着“《夏旅》杂志社”的牛皮纸袋，里面装着两本杂志的影印版，那是今天金薇薇才给他送来的。

把杂志交给他后，金薇薇并没讲太多的话，也没留他在那里吃饭。杜晓风知道，与以前高兴不高兴都会说出来不同，金薇薇已经变成了可以用行为表达意思的更深沉的女人，她是在给他时间，让他完成承诺，做出了断。

对她这样的变化，杜晓风觉得有一点点难受，在她沉默的背后，成熟了的是什么，他自己最清楚，因为他也是这么经过的，那个过程绝对谈不上愉快。

打算自分手之后第一次跟温静好好谈谈的杜晓风决定把带去的礼物弄得更体面些，路过花店时他看中了里面可爱的小卡片。送花太过暧昧，但在杂志里附上一张精致的写着祝福与问候的卡片是温和的表达，温静一向喜欢这种小东西的。

“包得还真圆啊！”

杜晓风付完钱的时候听见了隔壁精品店中爽朗的男声，若是平时他一定不会注意周围的人说了什么，但是那个声音实在与他自己的太像了。

于是他便看见了江桂明，他正捧着一个包装夸张的圆球满意地笑着。

鬼使神差的，杜晓风跟他一路到了餐厅，没等一会儿，他就看见温静走了进去。

兴许是为了新潮，装潢别致的店并没用那种里面看得到外边、而外边看不见里面的玻璃，所以杜晓风清楚地透过珠帘看见江桂明攥住了温静的无名指，往上套了个什么。

那一刻他猛然觉得坐在马路旁的自己既无谓又无聊。

杜晓风吸吸鼻子站了起来，手中的牛皮纸袋显然已经不被需要，想扔进垃圾桶又觉得让金薇薇费了那么大心思未免可惜。他掏出里面的卡片，向四周看了看，顺手系在了一旁的树枝上。

仿佛以前什么时候他也干过这样的事，但是已经记不清了。

杜晓风把纸袋夹在腋下，点了一支烟，慢慢走远。

夜风下那张画着玫瑰的卡片渐渐展开，并不漂亮的字体写着：The gone has gone，希望你过得比我好。

5

温静到底也没舍得把装满碎纸屑的圆球扔掉，将里面的杂志取出来后，她就又包好了那个圆滚滚的包装袋，连同写着“桂”字的卡片，放在了房间的一角。

在这一期杂志里，孟帆写的是关于明信片与风景的文章。他拍了全世界各地的明信片，那显然是他的收藏，仰躺在床上，看着各种各样的邮戳，温静觉得很有趣。

结束的那张照片孟帆没有用明信片，而是用了一幅湛蓝的天空代替，正想着在哪儿拍出这么漂亮的蓝天时，温静讶异地看到了下面的文字：

> 这是一张拍摄于北戴河的照片。当人们一直在抱怨那里污浊的海水时，却忘记了头上还有如此美丽的天空。
>
> 我人生中最珍贵的一张明信片就是从这里寄出的。

尽管日后去过三亚、去过普吉岛、去过马尔代夫，见过更漂亮的海，甚至因此瞧不起离北京最近的度假海岸，但是可能对很多北京的孩子来说，第一次看到大海都是在北戴河，我就是这样。

高中刚转学来的第一个暑假，学校组织了去北戴河的夏令营。对于我这样的转校生来说，和同学都不熟悉，本来这次旅行并不吸引我，但是有她在就不一样了。在确定我喜欢的那个女孩也会去之后，我报了名。

比起大海，想看看暑假时的她什么样子，才是我真正的目的。

面向虽然宽广但并不蔚蓝的大海，同学们仍然很兴奋，好多人和我一样第一次见到海，哪怕是踩在粗糙的沙子上都能引起一阵欢呼。

我们围坐在一起看了落日，看着辉煌的日光渐渐消失在地平线下，我们都被那样的景色震撼了。我坐的地方刚好能看到我喜欢的那个女孩的侧脸，她微微张着嘴，眼睛里透出惊喜的光亮，而落日将她雕刻成剪影，随风飘舞的裙裾，细白的脚踝，沾上沙子的手指尖，是我一生难忘的美景。

那是我摄影的启蒙，我心里的镜头打开，快门“咔嚓”响了一声。

那天大概还一起在海边唱了歌，林志颖的《十七岁那年的雨季》或者是张惠妹的《听海》？我记不得了，独自坐在一边的我，静静地看着她就已经觉得很幸福了。

不是没想过在星星下面告诉她，很喜欢她，只是不想看到她为难的神色，自己也没那么大胆。

临离开前，女生们都买了廉价的贝壳项链，我则选了几张北戴河的明信片。很普通的样子，前面是海或落日，后面端正地写着“中国邮政明信片”。

突发奇想的我选了我认为最漂亮的一张寄了出去。那画面是北戴河著名的鸽子窝公园，明信片上展翅飞翔的白鸽让我觉得它能到任何地方。

然而事实却是，这张明信片不知道飞到了哪里。

我在上面写的东西很简单。

地址：北京

姓名：××（收）

内容：我喜欢你

落款：孟帆

这是一张注定遗失的明信片，然而，与其说它会被当成垃圾邮件扔掉，不如想象它飞到了我抵达不了的地方。

所以，如果谁看到过这么一张明信片，请一定替我好好保存。

我愿意用我所有的收藏交换。

6

温静仰躺在床上，努力把手中的杂志举高，平视着那张照片。

北戴河的天空在她头顶上微微摇晃，温静眯着眼睛想，当年她是不是也看见过这一片碧蓝如洗?

答案是肯定的，但是不是她，而是他们，她和杜晓风。

各科成绩中游的温静和学习一向不好的杜晓风熬过期末考试后终于松了口气，老师和家长们的训导告一段落，提高物理和英语成绩这种事，只是在拿到考卷看到分数那一刻下过决心，但是不管怎么说都要先过了暑假，于是那点决心就不知道飘到了哪里。

听说北戴河夏令营的消息，班里面立刻蠢蠢欲动起来。杜晓风跨坐在椅子上，对着温静念行程:“第一天，火车到达营地，7 点晚餐；第二天，上午生存训练，中午 12 点用午餐，下午北戴河海岸边活动……哎，你去不去？”

“我想想，你呢？”温静正一边听着随身听，一边看着漫画书，她摘下一只耳机，好奇地接过杜晓风手中的行程单。

“要不咱俩一块去吧！”杜晓风凑过来兴致勃勃地说。

漫画《一吻定情》中的琴子正和直树在海边游玩，听到杜晓风的提议，温静的心“怦怦”跳了起来。

“我去问问苏苏，她去我就去。”上课铃响了，温静转过身，在座位上坐好。

其实她心里已经决定了要去，只是十几岁女孩子的羞涩让所有话都绕了个弯，拉上好朋友便是最好的掩饰。

隔壁班的足球小将因为要训练而参加不了这次活动，所以苏苏没有那么大的热情，想用她做挡箭牌的温静自然死说活说地求她。

在苏苏犹豫的那段时间，一向默不吭声的孟帆突然在楼道里拦住温静，他半低着头，有些不好意思地问:“苏苏去夏令营吗？”

温静有些惊讶，旋即明白了孟帆的意思，她自己也因而想了个好主意。

“去，她去！”温静笑眯眯地说。

“唔，唔。”孟帆点头，“你和杜晓风也去吧？我……我就是看看，班里都谁去……”

“我知道！”温静看着孟帆慌乱解释的样子，憋住笑说，“苏苏肯定会去的！你放心！”

转过头温静就把孟帆的话跟苏苏学了一遍，“如果你不去有人会很伤心”，这样的说辞顿时满足了苏苏小小的虚荣心，她又一向注意着孟帆，被痴心仰慕的感觉总是甜美的。

于是在报名截止前的最后一天，苏苏和孟帆也都填上了自己的名字。

到了海边大家都撒了欢，尽管老师喊破了嗓子不要到处跑，不许擅自下水游泳，但仍然拦不住他们的热情。

那次夏令营后来在聚会时被聊起过很多次，谁捡了漂亮的贝壳，谁被扔进了海里，谁埋在了沙子中，谁背着老师偷吃了烤蛏子……明明是很无聊的事，却被记了很久。即使是重复说了一遍遍的话题，他们仍然乐此不疲。

毕业后也有同学张罗着再组织去一次北戴河，但是终未成行。他们渐渐都有了各种各样的应酬，再不可能像原来那样，坐在教室里，从后往前传来表格，只要填上自己的名字就好了。

之所以被提起那么多次，大概是因为后来大家都明白，青春散场，昨日不再。

而那时的他们都不知道这些快乐会最终失去，就像温静，她那会儿根本不懂什么叫作怀念，不懂那个缀满星光的夜晚，会如同海水沁入沙子中一样，浸透她的心。

7

在北戴河的最后一晚有自由活动的时间，温静打算把东西收拾好，然后和苏苏一起去逛逛大街，她看到有人买了大海螺，觉得还不错。

傍晚的时候杜晓风从外面敲他们房间的窗子，温静和苏苏住一楼，窗外有铁栅栏，温静疑惑地打开窗子说："你在这儿干吗？怎么不敲门啊？"

"敲门？那苏苏不就看见了，我就是不想让她知道！哎呀，我在外边瞅了半天，她可总算出去了！"杜晓风双手支着窗台说。

"什么事呀？"想着他是有什么话要对自己一个人说，温静心里既紧张又期待。

"我发现了个好地方！快出来！我带你去！"杜晓风神秘兮兮地说。

"什么地方？"温静刚问完话，苏苏就从外面推开了门，杜晓风忙蹲下身子躲在窗外，温静不自然地转过身，假装若无其事地靠在窗台边。

"干吗呢？"苏苏看了看敞开的窗户问。

"换……换空气！"温静顺手拉上窗帘。

"你不怕进蚊子啊！昨天就咬了我两个包，今天还得跟老师要蚊香。"

苏苏坐在了自己的床上，并没有走到窗边的意思，温静微微松了口气。

“你收拾完了么？刚才我和刘欣然说好了，和她一起去海边！我看她买了个猫眼石和贝壳的手镯，可好看了，咱俩也一人买一个吧！走！”苏苏走过去拉温静。

“你和她去吧，我不去了。”温静摇摇头说。

“怎么了？为什么呀？”苏苏纳闷地问。

“我……我戴的那个小玉佛丢了，我要找找。”温静洗澡的时候把它摘了下来，没有再戴上去，就顺口编了谎话。

“啊？那我帮你找找，可别弄没了。”苏苏四处环顾着说。

眼看她朝窗户走过去，温静忙拉住她说：“不用了，我自己找就行了。你和刘欣然去吧，不都约好了么，帮我也带一个手镯回来。”

“哦，那我去了，要是找不到，我回来帮你。”

“嗯，拜拜！”

苏苏出了门，杜晓风便又站起来敲窗户，温静打开窗，拍着胸口说：“差点被她发现。”

杜晓风笑了笑，说：“还行，反应挺快！快出来吧！”

“嗯！”温静关好窗，雀跃地跑了出去。

杜晓风和温静沿着海边的商店街走，一路上他也没告诉温静要去哪里，一直卖着关子。温静吵着要知道，两人说说笑笑地逗着贫嘴。

也不凑巧，快走到的时候，温静一眼看见了正和刘欣然一起往回走的苏苏，她大吃一惊，忙拉着杜晓风躲进旁边的一家纪念品商店。两人刚松口气，一抬眼便看到了疑惑地看着他们的孟帆。

“你们也来买明信片？”孟帆问。

“明信片……对，对！我买，杜晓风你也买吗？”温静不自然地说。

“我？哦，我随便看看。”杜晓风应和着她，转过身假装东摸摸西看看，“这贝壳笔真不错嘿！”

“你买好了吗？”温静看着孟帆手中的明信片说。

“嗯，选了几张。”孟帆点点头。

“什么样的？”温静凑过去看。

“都是风景，挺普通的。”孟帆展开来。

“这个能直接寄出去吗？”温静好奇地问。

“要贴邮票呀。”孟帆笑了笑，指指旁边的柜台说，“这儿也卖邮票。”

“哦。”温静不好意思地说，她瞥见孟帆手里单独攥着的一张，“那个也是吗？”

“嗯……是，要寄出去的。”孟帆下意识地往后藏了藏。

“从这里寄？几天能到北京？”温静觉得有趣，睁大了眼。

“应该挺快的吧。”孟帆含糊其词，一步步向后退，“我先走了，你慢慢看。”

“好！我也买两张玩吧。”温静认真地挑选起来。

随手选了几张大海的明信片，温静和杜晓风走出了商店，她不放心地四处张望，苏苏已经没了影子，而孟帆还没走远，他往马路一边的邮筒里投进了一张明信片，似乎还有点什么遗憾，他露出了仿佛满足却又失落的表情。

孟帆在邮筒前站了很久，直到温静和杜晓风在路口转过弯时，他还在那里没动。

8

杜晓风找到的地方离他们游玩的海岸有一点距离，那边有些礁石，所以游人并不密集。

岸边放着一艘斑驳破旧的渔船，大概被遗弃了很久，船舷上长满了青苔，里边还渗了水。

杜晓风先爬了上去，再坐在船边，把温静拉上来。

两人并排坐着，岸边一个人都没有，深邃的海看上去宽阔无边，海浪拍打着沙滩，远方隐隐亮起了灯火，晚霞映红了天边，微风吹过，飘来大海独特的气息。

“好漂亮啊。”温静感叹道。

“是吧！我昨天发现的，当时就想带你来看看！”杜晓风向后撑着胳膊说。

杜晓风不经意间说的话让温静感觉格外温暖，身边的男孩即使是一点点美丽的景色也愿意同她分享。普普通通的她，只有在他眼中才与众不同，才独一无二。

“看！”杜晓风欣喜地指向天空。

温静抬起头，看见蓝色的天渐渐变得幽深，看见白色的云像被墨染了一样，看见启明星闪出了微光。

温静靠在杜晓风的肩膀上，仰看着天说：“喂，你认识星座吗？”

杜晓风因她的靠近而有些紧张，不自然地说：“就认识北斗七星……”

“还想让你给我指牛郎织女呢！”温静撇撇嘴说。

“我地理会考才勉强及格的……”杜晓风有些羞愧，“再说那个也没什么好看的！隔着银河，多可怜啊！”

“对呀，哎，怎么看不见银河？”温静纳闷地问。

“呃……天气不好吧。”

“明明很好！”

“啰唆！不要问这种无聊的问题！”

“你是不知道吧！”温静晃悠着腿，俏皮地说。

“下次，下次告诉你！”

杜晓风赌了气，温静“咯咯”笑起来。

两人争论着毫无边际的话题，亲昵却又羞涩。他们都觉得以后还有很多时间，就这么打诨过去也未尝不可，下次来的时候一定能见到天边的银河，也一定能一起在星光下做更浪漫的事。

然而他们最终没有了下次，他们只去过一回北戴河，分享了年少时的快乐之后，他们没能一起分享成人后的苦痛。

那天他们一直背靠背坐到了晚上 8 点，从船上起身时，温静发现自己放在裤兜里的明信片无意中被压上了褶，看着被折弯了的大海画面，她沮丧地说：“这样怎么寄给别人呀！”

“你寄给我好了！”杜晓风凑过来说。

“给你还用寄吗？”温静推开他，用手抹平明信片的折痕。

“那就扔在这艘船上吧！也算留个纪念！”杜晓风从她手里拿过来说，“写上杜晓风到此一游！”

“太傻了……”温静翻翻白眼，无奈地说。

杜晓风也不理她，掏出刚买的贝壳笔，在明信片上胡写着什么，他仿佛很满意自己的作品，得意扬扬地把它挂在了船头的钉子上。

“你到底写了什么呀？”温静伸手去够。

“没什么啦！”杜晓风拉住温静，“走吧，再不回去老师该生气了！”

“我要看看！你肯定没写好话！”

杜晓风嬉笑地挡着温静，温静闪开他，侧头一看，不禁大声说：“杜晓风！谁让你把我的名字也写上了！”

“本来就是我和你一起来的嘛！”

杜晓风笑了起来，他在那张明信片上写着：杜晓风、温静到此一游。

“讨厌！”

温静抿着嘴唇捶打杜晓风，杜晓风嬉笑着往前跑，两人的脚印深深浅浅印在沙滩上，一阵海浪涌来，转眼就不见了痕迹，月光下的海滩平整如初，仿佛一切不曾发生。

温静其实并不真的生气，但脸却有些红，因为在那张薄薄的纸片上，杜晓风还画了一个桃心。

也不大，刚好够圈住他们两个的名字。

9

想想那张明信片应该和孟帆的同一命运，兴许在那里风化，再或者被谁发现了，取笑傻傻地留下名字的他们，最不幸的就是被当作垃圾扔掉了，总之肯定早已消失不见。

可是那个东西找不到了，不代表它就真的不存在了，就像孟帆能细微回忆起明信片上白鸽的翅膀，温静也能记起杜晓风画的桃心左边比右边大一些。

未来是未知的，而过去是一定的，记忆就是证据。

可是只有一个人的回忆能证明什么呢？

那天晚上，温静突然很想问问杜晓风，他还记得这些吗？

还记得那张明信片正面是大海还是蓝天吗？

还记得分落在城市两端的他们，也曾经在星空下全心全意地依偎过吗？

第十最好不相遇，
如此便可不相聚

这时温静才发现，

烛光下的杜晓风已经不是依稀昨日的少年了，

那双闪烁着张扬的眼睛变得沉稳，

常年的办公室生涯也使曾经打篮球的身躯微微发了福，

浓密的黑发中竟然也夹杂了白发。

1

刚与杜晓风分手的时候，温静曾经上了一半的班就跑了出去，去杜晓风家门口等，想问问他到底为什么，结果她看见了金薇薇。

从分手到同学聚会之前，温静恨不得再也不见他，全当青春岁月里携手相伴的那个人、初恋的那个人已经消逝成风，结果她遇见了杜晓风。

分手一年后的现在，温静想见杜晓风，想跟他坐下来聊聊天，仅仅聊关于篮球赛、向日葵、明信片这样的事，结果她却彻底没了他的消息。当初为什么爱后来为什么不爱这样的问题已经随着时间变成了无解，也许有那么一刹那感怀了曾经，但是随即便放下了，不会去仔细想，更不会去践行。

如果说成长令人的思维更加有逻辑，那么就是在这些复杂的逻辑中丧失掉了简单的可能，相反的多了很多不可能的判定。

总之，那段时间，奔走于北京环路间的温静和杜晓风都想过同样的问题，但是谁也没有找谁。原先会在旅店窗子外面执着地等很久的杜晓风，现在只是在金薇薇影印装订来的杂志书脊上标明了刊号；而每天坐在拥挤的地铁上的温静，也只是不停地在回放那首《sealed with a kiss》。他们做着的，是明知对方不会知道的事。

北京进入了频繁下雨的 8 月。在一个电闪雷鸣的日子，温静专门用来收集孟帆杂志的邮箱收到了一封招聘通知信。

温静不记得在招聘网上登记过这个邮箱，但是看到那家门户网的logo，她立刻就动了心。毕业时她曾往那里投过简历，只是抱着美好梦想的她，对于石沉大海丝毫不意外。没想到多年后，她竟然又有了机会，即便不能被录用，她也十分高兴。

面试那天温静翻出了毕业时特意买的职业装，服帖的剪裁穿上后显得很成熟、优雅，比手机大卖场劣质的制服要顺眼很多。看着镜子中的自己，温静一边庆幸没发胖，一边暗暗祈祷能一举成功。

然而一进到公司，温静就感觉自己受到了格外的关注，从接待员到面试官，听到她报出名字的时候都多看了她一眼。做完简单的介绍，面试官开始提问，温静没想到，自己准备了那么多的应急问答都没有用到，给她的第一个问题竟然是："现在网络上流行的寻'孟'之旅是你制作的虚拟话题，还是真实发生的事件？"

温静愣了愣，点点头说："是真事，孟帆是我的高中同学。"

周围人一片窃窃私语，面试官翻了翻她的资料说："好，你应聘的是宣传策划部，那么你觉得这件事是怎样达到传播效果的？如果让你从最近同样引起关注的'贾君鹏，你妈妈喊你回家吃饭'的操作中借鉴，你接下去要怎么做才能让寻'孟'之旅继续下去？"

面试官严肃地说出这句无厘头的话引起了一阵爆笑，众人饶有兴趣地看着绷着脸的温静，等待她的回答。

温静沉默了一会，没有说话。她明白是自己在网上发的帖子吸引了他们，如果她回答些不咸不淡的漂亮话，那么很有可能被顺利录用。但是，当那个面试官把孟帆和被恶搞的贾君鹏并列起来时，她知道今天的面试已经结束了。她可以受委屈，可以卑躬屈膝地卖手机，可以被打磨成老板想要的任何样子。但是她不想死去的孟帆被亵渎，不想把辛苦保留下的唯一美好作为通关用的垫脚石。

人总有东西是无论如何也舍不得放弃的，多么卑微的人生也有美好的坚持。

温静抬起头，直视着面试官说："我的人人网有 138 名好友，最初发起这个帖子的时候，只有其中的 46 人转载了它，基本上都是我与孟帆共同的同学，大多也只是唏嘘一下而已。没人认真地去想这件事，因为现在的我们都很自以为是，觉得我们已经成熟到可以遗忘，觉得可以彻底把当初傻哭傻笑地去喜欢一个人的感觉封存在心里。所以与其认真地想这些事来嘲笑年轻时的自己，不如 PS 一张贾君鹏的图片去逗别人笑。而事实却是，我们每个人都在偷偷地怀念，即便世故到懂得做婚前公证，把财产转到父母名下，征友的标准嘴上说着只要人好就行，同时却列出不少于五条的条件，但心底里我们仍希望有人像初恋时那样毫无保留地喜欢自己，希望不用考虑房子、地域、家庭，而只是简简单单地被认真地爱。被信仰的爱情不是没存在过，可是很遗憾，错过了那个年纪，现在的我们谁也做不到。所以当有一天，有人发现这本杂志真的存在，真的有人在认真地记录那种纯粹的感情，而自己也真的被唤起了回忆时，他们开始转载这个帖子。比起质疑，他们更愿意相信，这是人心的力量。说实话，我不知道这该叫什么样的宣传效果，但是我知道，看过我转帖的人都被孟帆感动了，或者说都被曾经的自己感动了。不管现在多么成功，还是多么不起眼、不如意，在初恋的时候都幸福过。谁没那样子地喜欢过别人呢？谁又没被别人那样子地喜欢过呢？哪怕是单恋、暗恋，我们至少都有过一份初恋，这点大家是一样的。至于所谓的宣传，实际上我没做什么，我想只要有初恋发生的地方，寻'孟'之旅就能继续下去。"

温静说完话，屋里安静了几秒钟，但是很快面试官就又开始叫下面一个人的名字。而听着别人循规蹈矩的回答，温静越来越如坐针毡，说实话，她有那么点后悔了。

2

温静沮丧地从高级写字楼里走了出来，毫无意外，她被 pass 了。会因为一段别出心裁的论述而被录用这种事，在现实中果然是行不通的。

穿着 OL 套装，坐在 CBD 装饰漂亮的街边，温静显得狼狈不堪。这种时候她很想跟江桂明说说话，抱怨面试官的低级趣味，批判这个破网站没眼光。可是到现在为止，在江桂明面前她一直在不停地展现自己的失败，照这个样子，说不准他就失去了冲动，觉得无趣，毕竟两个人也没有真正地交往，说拜拜还很轻松。

想到这里温静没有拨出他的电话，她一边摆弄手机一边自嘲，刚刚还雄赳赳气昂昂地说什么世故，现在就亲自做了验证。

无聊翻着手机通讯簿的温静，看见了杜晓风的名字。说了那么多冠冕堂皇的关于初恋的话，而自己却最终连打个招呼的勇气都没有，这样的落差让温静很不甘心。也许是那一天提了太多初恋这个词，也许是无处排遣的失落郁结于心，也许就是给多日来的思量找个借口触发，那天的温静格外地想杜晓风。这种想不是想念，已经没有那么深刻的感觉了，更多的只是想确认，确认这个人和自己过去的联系，确认那些时间即便失去了也是存在过的。

于是分手一年之后，温静第一次给杜晓风主动发了短信。她为自己编排了个自认为还不算突兀的理由，那就是询问他杂志的事。

收到信息回报之后，温静难以抑制地紧张起来，一会儿想他会说什么？会怎么以为？一会儿又想，他要是很冷漠，如果不回短信怎么办？杜晓风并没给她太多胡思乱想的时间，他很快就回复了过来，而且是直接打的电话。

“喂？”温静接起电话时很不自然，好在被街头的喧嚣掩盖了过去。

“喂，你在哪儿呢？”杜晓风在另一边问，听他说话的那一瞬间，温静才发觉自己真的好久没从电话里听过他的声音了。原先以为和江桂明近乎混淆的声音，实际上有着独特的节奏，温静曾以为会辨别不清，现在她知道，她绝对不会弄错。杜晓风是杜晓风，江桂明是江桂明。不知道为什么，这样的判定令温静松了口气。

“去面试了，现在在外边呢。”她看着天空说。

“换工作吗？怎么样？”

“不怎么样，淘汰出局。”这种话和杜晓风说起来温静一点不觉得丢脸，他们深知彼此的缺点，也看着对方失败过很多次，何况，最狼狈的分手都经历了，还有什么可怕的？

杜晓风笑了笑说：“没事儿，他们不要咱，咱还不瞧不上他们呢！”

“嗯！”温静也笑了。

“我把杂志给你送过去吧，不过现在不行，得等到下班以后，咱们一起吃饭吧。你挑个地，我找你去。”

“好，那我一会儿给你发短信。”两人约好就挂断了电话，温静转过身看着身后林立的大厦，心想要在哪儿选间合适的餐厅。

川菜、火锅、料理、烤肉，毗邻的馆子林林总总，多得让人无从选择，而苦思冥想的她突然灵机一动，温静想到了一个地方，杜晓风一定知道。

“去星空下吧。”温静发出了短信。过了一会杜晓风回复了“好”。

那是他们分手的地方，那天没说的很多话，在今天或许已经能说出口了。

3

依旧是面对面坐着，熟知对方的口味，不用商量也能点上满满一桌子偏爱的菜，但是不知道怎么的，看着杜晓风，温静总觉得他离自己很远了。

例行完“你最近好吗”“我还好”这样的对话，两人都沉默下来，谁也不知该怎么开口。说十年前的相遇？说七年间的相爱？还是说这一年的分崩离析？苏苏老说旧情人不能见，这句话现在温静算是懂了，再美再好都是从前，沾了旧字，一切都尴尬起来。最后还是杜晓风先开了口，他拿出印好的杂志递给温静说：“只有这两本，2006 年 1 月的那个本来还有本附赠的小册子，但是样刊里都找不到了。”

“谢谢！”温静接过看，惊讶地说，“你从哪里印的？”

“不是我，是薇薇。”杜晓风犹豫了一下说，“她从社里找出来印的。”

“哦。”温静点点头，又没了话，这便是他们之间不复往昔的正解。

杜晓风也觉得在她面前提起金薇薇未免太煞风景，忙打着岔说：“你看看，孟帆写了咱们毕业的事。”

“是吗？”温静翻看目录，果然看见了孟帆的名字，那是城市风景与 12 个月的专题，这期叫作：6 月，毕业季。

6 月，明媚的盛夏，离别的季节。

每年这个时候，都有很多稚嫩的面容四散在每个城市的各处。

有多少人在车站哭着拥抱，说好再见却再也没见？

有多少人喝得酩酊大醉被同学抬上火车，醒来时窗外已经陌生？

有多少人发誓永不分开，却最终离别？

各奔东西的人影就是6月的风景。

喧闹的教室在这个月份安静下来，最初相聚在这里朝夕相处的人们，也最终从这里远行去往未知的方向。然后又有人来这里，又有人离开。大概每个校园都承载了这样的繁华与落寞。

墙边的数学公式是谁偷偷写下的？

课桌上的大写字母缩写代表了什么？

被撕掉的过期课表留下了怎样的故事？

这些残存的痕迹，凝结成记忆，刻在了心底。

我到现在还能记得高中毕业那天的模样。

那是6月22日，我们上完了最后一堂课，在和老师们道别之后，怀着茫然的希望三三两两地向外走去。也许因为身旁还有人陪着，所以走出去的时候大多数人都没回头，就这么懵懵懂懂地终结了少年时光，错落很多年，再也回不去。

我与我初恋的女孩是在楼道里道别的。我听着她与朋友的谈话，知道她们马上要走出去了，于是先背好书包到教室外面，再假装忘了什么回来拿，这样我就有了和她面对面说话的机会，尽管只是简单的“拜拜”。她微笑地跟我说了再见，背影消失在楼道尽头。

然后我的初恋就结束了。

坐着公交车回家的时候，我一直在想关于她的事情。

在那些年里，我们的每次偶然相遇，几乎都是我计算好的。

在那些年里，她家的电话我拨了无数次，只是从来没有按下最后一个数字。

在那些年里，我知道她所有考试的成绩，知道她换了几个铅笔盒，知道她喜欢哪个歌星，在听谁的歌，但是她一直不知道我知道这些。

也许她从来不曾在意我与她擦身而过的那一瞬间，抱着书本或拿着篮球的我只是路过的甲乙丙丁，但是对我来说，那是小心且幸福的一刻。

这些幸福累积成小小温暖，最终一股脑儿地丢失在了毕业那天。

尽管我不愿意承认，但是在夏日里的公交车上，我很难过。

难过得大概流了泪。

为什么每年到6月就开始下雨了呢?

我想，因为那是毕业的季节吧!

4

他们毕业的那天是6月22日，这样细微的时间温静早就已经忘了。不过她确实记得那天的情景，她和苏苏收拾好书包，讨论毕业照上谁照得更好一些，苏苏因为自己皱了眉而有点沮丧，温静也不太满意刚刚剪的发型。两人一边聊着高考一边往外走，在楼道里，遇见了低着头走回教室的孟帆。

那时的温静显然不知道这是他刻意编排的偶遇，像往常一样笑着跟他打招呼。

而孟帆就那么停在了楼道里，平日里一直低垂的眼静静地望向她们，清澈的目光中满是话语，却欲说还休。

苏苏看见他，也站住了。

看着两人这个样子，温静明白他们大概要做特别的告别，她蹭蹭苏苏的肩膀说：“我去找杜晓风一起回家了，你自己走吧。”

苏苏红着脸嗯嗯啊啊，温静笑了笑，背着书包往上颠颠，独自向前走去。走到孟帆身边的时候，温静眯起眼睛，故意玩味地凑过去说：“加油！慢慢聊啊，拜拜。”

孟帆紧张地点点头，小声说：“拜拜。”

暮色投映在楼道里，透出一片温暖的橙色，温静轻快地在楼梯口转过身，余光里身后两人的影子被拉成了直线。

温静着急追上前面的杜晓风，匆匆下了两层楼，却看见他正趴在楼梯口的窗边，怔怔地向外看。

“喂，看什么呢？”温静悄悄地走到他身后，猛地拍了下他的肩膀说。杜晓风吓了一跳，看见是温静，高兴地说：“等着你呢，你和苏苏聊个没完，我就先下来了。她呢？”

“被孟帆截住了。”温静指指头顶，俏皮地说。

“哇！这小子终于出师了！”杜晓风感叹。

“最后一搏吧！你猜他能不能成功？”温静与杜晓风并肩趴在一起，望着窗外说。

“我哪儿知道？”杜晓风说，“不过，到这会儿黄花菜都凉了吧。”

“也不一定，苏苏和足球小将闹别扭很久了。”

“嗨，他们不是经常闹别扭！”

“那倒也是。”温静点点头，窗外微风吹过，带着夏日的味道，拂过脸颊有些热，她看着楼下的老槐树，“哎，你说咱们这就算毕业了，我怎么总觉得应该感慨感慨，但又没什么感觉。”

“有什么可感慨的，你毕不了业才要感慨呢！”杜晓风打趣地说。

“讨厌！”温静捶了下杜晓风的肩膀，“不过也好，以后不用天天看着你，省得心烦！”

“你真不愿意看见我？嗯？”杜晓风瞪着温静，假装生气地一步步迫近，要去抓她的胳膊。

温静慌忙笑着躲开说：“愿意愿意！”

杜晓风放下手，温静靠在窗边小声说：“谁知道以后什么样呢。”

“以后？以后能什么样，和现在一样呗！”杜晓风无所谓地说。

“我就想象不出来，总觉得上大学呀，上班呀都离自己特遥远。”温静扭过身，趴在窗台上说，“刚开学的事我还记得特清楚呢，现在竟然就要毕业了！时间怎么过得这么快呀，要是能慢点就好了。”

“我倒是觉得快点也挺好的，我特想现在就上班，奋斗几年当个总经理，一月挣个万八千的，那多爽呀！”

“切，美得你。”温静翻翻白眼。

“我绝对不会平平庸庸的！你等着瞧吧！”杜晓风有点不服气，他手里拿着刚发的通知毕业事项的单子，一下下敲着玻璃，“到了那时候，温静，我一定会娶你。”

温静的脸唰一下红了，而许下这样的诺言，杜晓风也有些不好意思，眼睛一会儿看看外面，一会儿看看手里。通知单被他折成了纸飞机，因为紧张，所以折得格外仔细，机翼压得平整，头部尖尖的，一看就能飞得很远。

温静默默站在一旁，心底的高兴与感动她都说不出口，甚至连杜晓风的眼睛都不好意思直视，但是她那时笃定地相信，一定会有那么一天，他说的话一定会实现。

“走吧！”杜晓风拉住温静的手。

"嗯。"温静紧紧回握住他。

杜晓风对着纸飞机呵了口气，笑着把它扔了出去，单薄的翅膀载着他们的梦想一飞冲天，在蔚蓝的空中渐渐回旋。然而纸飞机终究飞不出校园的围墙，就像年少终究抵不过岁月的蹉跎。

5

过往的时光化作记忆徘徊在今日之外，温静轻叹一声，她合上杂志，看着杜晓风的眼睛问："你还记得毕业时候的事吗？"

虽然是看似云淡风轻的一句随意聊天的话，但是温静却紧张起来，她怕杜晓风说"忘了"，那么这些日子里，沉浸于过去的她，就变成了天大的笑话。

其实她已经不怕被笑话了，从初恋终结的那天起，她就知道自己不得不面对这些，但是她怕被遗忘。常常有人说过去不重要，重要的是以后，然而温静却觉得这不公平，过去也是自己的经历，为什么不重要呢？没有过去怎么会有现在？即便是分开了，不再期冀未来，难道不能珍藏过去吗？

孟帆的杂志让她发现这么想的不是她一个人，而杜晓风的回答才是对他们共同青春的确凿证明。

"记得啊！"杜晓风笑着说出的话，差点让温静哭了出来，他缓缓放下手中的餐具说，"那天孟帆不是去跟苏苏表白了，咱们还猜他会不会成功。"

“对！你还折了纸飞机。”温静使劲点点头说。

“然后说了大话，什么想当总经理，我到现在还是小职员呢！那时候真异想天开啊！”杜晓风感叹道，“以为自己会多么与众不同，能成什么大气候，结果平庸得不能再平庸了。”

“那时大家都这样呀。”温静安慰他。

“其实算是间接辜负了你。”杜晓风摇摇头说。

温静愣了一下，她知道杜晓风还记得说要娶她的事，虽然他没说出口，但是他一定还记得。

现实的失落和曾经的温暖交汇在心中暗涌，这时温静才发现，烛光下的杜晓风已经不是依稀昨日的少年了，那双闪烁着张扬的眼睛变得沉稳，常年的办公室生涯也使曾经打篮球的身躯微微发了福，浓密的黑发中竟然也夹杂了白发。

逝者如斯，那些年沾染了指尖眉角，就这么恍然过去了。

“不说这个了，对了，你看过孟帆那篇写向日葵的文章吗？你还记得咱俩在向日葵里写字的事吗？”杜晓风微笑着说。

“当然记得了！”温静眼睛一亮，“因为你不去拉窗帘，咱们还吵了一架！”

“啊？是吗？我会因为这么点事跟你吵？”杜晓风有点不好意思地说。

“怎么不会！你以前那么顽劣！你看你都忘了吧。”温静嗔怪地说。

“没有！绝对没忘！我还记得我给你在向日葵里写‘对不起’呢！我特意挑的你画的那两朵向日葵写的！”杜晓风言之凿凿。

“是吗？我画的？你怎么知道？”温静惊讶地问，在她的记忆里，这是她从未注意过的细节。

“我当然知道了！你画的时候我一直偷偷瞄着呢！不过说实话，也挺好认的，你确实没苏苏画得好！”

“讨厌！”温静红着脸，却十分高兴地说，“那你看了科技馆的那篇没？”

“看了！写那个什么传声机的对吧？”杜晓风也很高兴，两人都不再吃东西，兴致勃勃地聊起天。

“什么传声机呀，人家那叫抛物面传声器。”

“对对对，长得像锅盖似的那个！”杜晓风频频点头，“其实相当于孟帆把我也写到杂志里面了呢！当时就是我把他从台子上拉下来的。”

“孟帆肯定很懊恼，你要是晚点，他没准就跟苏苏表白了。”温静笑着说。

“他绝对不会！孟帆是把什么都放心里的那种人。而且那会儿我们男生才不像你们女生天天琢磨着这种事呢！”

“那你怎么跟我说……”

温静不服气地说，但是说到“你喜欢我”这几个字她却停住了，曾经沧海，事过境迁，现在的他们已经不能再坦然说这样的话了。

“我那时候胆子大呀，还觉得自己挺行的。”杜晓风接过话说，他看着温静，温柔一笑。

温静的心怦怦跳了起来，有些话在她心里转悠，她却怎么也说不出口。

那些年对你来说重要吗？

你会记得我吗？

会和我一样想把过去的日子珍藏在心底吗？

在某一天想起来的时候，会重新微笑吗？

6

温静轻轻咳嗽了一声，试探地问："你看过口琴的那个么？布鲁斯口琴。"

"口琴？"杜晓风皱着眉想了想，"看是看了，但是当时的事没印象了，怎么了？我记得你不太喜欢上音乐课啊。"

"没，没什么。"温静摇摇头。

他忘了在孟帆伴奏下的初吻，这也没什么，那么轻不可闻的旋律很难联想起来，一个人的记忆总归不可靠，温静默默地想，但多少还是有些失落。

杜晓风察觉了她表情的变化，忙说："我还记得北戴河的那篇！"

"哦，是吗？"温静淡淡地说。

"咱们一起在海边看星星。"杜晓风眯起眼睛说，"你问我银河在哪儿，我答不上来，后来回家还特意去翻《十万个为什么》呢！"

温静笑了起来，说："那我可不知道！这么认真？我只记得你写了明信片。"

"哦对对对！到此一游！"杜晓风猛地想起来，那张消逝的明信片让他想起了不久前系在街边树枝上的小卡片，而关于那张卡片的事，他不打算告诉温静了。

"那天咱们是跑回去的，差点被老师骂！"温静点点头说。

"半路你鞋带开了，我还帮你系呢！"杜晓风打趣地说。

"系鞋带？没有吧？"温静愣住了，她不记得有这样的事。

"怎么没有！那是我第一次心甘情愿地蹲在一个女孩面前，第一次给别人系鞋带！"

杜晓风说完话，两个人都安静了下来，温静怔怔地看着他，她仿佛又听见了海浪的声音，被遗忘的画面渐渐浮现出来。

“跑不动了……”温静大口喘着气，叉着腰停下来。

“来不及了！一会儿老师就要查宿舍！”杜晓风拉住她，“我拉你跑！快点！”

“不行不行，鞋带开了。”温静摆摆手，指指脚上的平底球鞋说。

“麻烦！”杜晓风毫不犹豫地蹲下身子，掸了掸温静鞋带上沾的沙子，简单系了个活扣。

星光洒满沙滩，海风吹乱了他的头发，吹起了她的裙子。温静能清晰地看见他的发旋，看见他的背脊，看见他的手指，寂静的海岸在那一刻仿若静止，温静觉得，时光如果就这么停住，她也丝毫不会可惜。只要有他陪在身旁就好了。

杜晓风站起来时有些不好意思，他嘟囔着温静拖后腿，却紧紧拉住了她的手。温静笑着跟在他身后跑，那时被绑紧的不仅是并不漂亮的蝴蝶结鞋带，还有她青涩的爱情和稚嫩的心。

“别想了，咱英语老师不是老说么，every cion has two sides，每枚硬币都有两面，你那边不记得了也没关系，我记得就行了。”杜晓风看温静恍了神，在她眼前挥了挥手说。

“杜晓风，你会一直记着这些事吗？你会记住我吗？”温静鼓起勇气，终于把心里久久不能释怀的话问了出来。

“当然了。”杜晓风平静地说，“我这边的记忆同样珍贵。”

温静觉得眼前渐渐朦胧了，有什么顺着她的脸颊流了下来，她认为那不是泪水，流淌着的分明是逝去的青春，是凝结在她心里的记忆，是不曾示人的悲伤。杜晓风递给她一张纸巾，他想像以前一样揉揉她的头发，却在半空中停住了手，那双手不能再为她做什么了，他一边暗暗告诫自己，一边感觉胸口微微的酸涩。

“温静，我没有忘记过你，从来没有。”杜晓风缓缓地说，“离开你是因为我找不回过去了，我在你面前说了很多大话，我向你保证过我会出息，我会有钱，我会开着宝马来接你，可是到现在我才买了一辆307。我渐渐地知道我给不了你全世界，我连间让你容身的房子都给不起。会打篮球，会在向日葵里写字，会在海边找一艘船，这些到了现在什么用都不管。温静，咱们的过去太美好了，美好得让我没勇气面对未来了。我清楚地看见这两者之间的落差，然后胆怯了，然后放纵了，然后……不爱了。那时我根本不敢看你的眼睛，与其说是怕被你发现我的谎言，倒不如说是我怕看着曾经一点点消失，自己却怎么也感受不到爱你……我到现在才明白，幸福持续得太久，早晚要消失，而爱过一个人和与她过一辈子，是两回事。所以我真的嫉恨孟帆那小子，他做到了，而我做不到。对不起，答应了你那么多，最后却是我先放开手。”

“胆小鬼！”温静沉默了一会，抽着鼻子说。

“对！”杜晓风含着眼泪点点头。

“没良心！”

“对！”

“骗子！”

“对！”

“笨蛋！”

“对！”

“可是我真的喜欢过你！”温静哽咽地大声说。

“我也是……”杜晓风笑了，而挂在他眼角的那一滴泪，终于落了下来，“但是，现在不行了。”

7

从星空下走出来的时候，杜晓风接到了金薇薇的电话，他没有掩饰，坦然地跟她交谈明天去见她父母的事。

温静就站在一边，听他口气温和地与现在爱着的人说话。

这就是现实，刚刚流着泪的他们，转身都变成了陌生的角色。

她发觉他真的变了，原先他是张扬甚至有些霸道的，爱逞强，喜欢得很认真但绝对谈不上温柔。而现在的他，会叮嘱金薇薇晚上把窗户关上，会谦虚地说起工作中的事，会谨慎地看人脸色。

也许诚然如他所说，金薇薇面前的杜晓风是褪去了青春梦想的普通人，不担负着过去，只寄托于未来。所以对温静也谈不上背叛，只是关于她的那些事，已经随着成长，一起从他的生命中剥离，化成印在心底的一块斑，透着年少轻狂的伤。

如果最初没有相遇，就不会有今天的相聚。

经历了这么多年，他们还是最终放开了彼此。

温静清楚地知道，她的初恋已经彻底丢了。丢在了这个丧失梦想的城市里，丢在了一去不返的青春中，丢在了所谓生活的缝隙里。

失望吗?

后悔吗?

消沉吗?

无奈吗?

这些感觉也许都有，而她，无能为力。

初恋那么美好的事，他们已经消受不起了。

杜晓风挂上电话，连连向温静道歉，温静摇摇头笑着说没关系。

告别的时候两人谁也没有露出伤感的神色，无论曾经多美好都必须抛弃，成熟才是该有的姿态。

简单地说了再见，两人一左一右分别去往了不同的方向。

那一瞬间温静想要不要像《东京爱情故事》中的莉香一样回头看着完治走出自己的视线，淹没在人群中。但她最终没有，只停了那么一秒钟，她就接着迈开了步子，她决定从这一刻起真正地走出杜晓风的人生，真正地舍弃自己的初恋，真正让少年翩跹的身影变成过去。

于是她没有看到走出三步之后就转过头停在原地的杜晓风，他一直看着温静大步流星地走远，他知道这件事将永远不会存在于温静的记忆里了，硬币落在地上，最终只露出了他这一边。

温静转过街角的时候，杜晓风也笑着慢慢转过了身。

北京的天空中没有银河，连星星都看不见。

8

晚上回到家里，温静给江桂明打了电话，以前每次拨出他的号码，温静总觉得有那么点内疚，她会下意识地问自己，如果没有和杜晓风相似的嗓音，她还会不会这么在意江桂明。而在今天与杜晓风见面后，温静没有了这种感觉，她想那只是个牵强的契机，她只是在恰当的时候遇见了自己期冀的人。

江桂明的声音听起来有点沮丧，他跟温静说："2006年1月杂志的特刊太不好找了，那是随书附赠的一本小册子，基本上都被随手扔掉了。"

温静笑了笑说："算了，别找了。"

"啊？"江桂明吃了一惊。

"就当是留下点遗憾吧！"温静靠在床上说，"如果把杂志都找齐了，孟帆可能又会被人渐渐忘了。"

"嗯。"江桂明笑着说，"你这算不算给我暗示？咱俩说好的事，你记着吧。"

"记着呢。"温静红着脸低声说。

"我喜欢你。"与杜晓风彼时的羞涩不同，江桂明的声音沉着且坚定，透过听筒仍散发出诱人的磁性。

"唔。"温静轻轻应着。

"你就不说点什么呀！我可很期待的！"江桂明流露出掩饰不住的喜悦。

"那要看你的表现了。"温静笑了笑。

"好！明天，咱们见面吧！"江桂明迫不及待地说。

"明天我白班。"

"那我中午就找你去。"

"不！我不要吃盒饭！"

"晚上！明晚我带你吃烛光晚餐。"

"好吧！"温静欣然应允。

"温静，咱们说定了。"江桂明一字一句地说，他们约好的不止是一顿晚餐，而是一起的未来。

"说定了。"温静郑重地点了点头。

挂上电话，温静找出纸盒开始整理孟帆的杂志。从 2005 年 3 月他开始做实习记者开始，到 2009 年 4 月他去世前的最后一篇稿件，除了附赠的那期特刊，温静一共找齐了 50 本《夏旅》，其中有 6 本是他的回忆，温静一直单放着。

原先只是一门心思地为这些薄薄的杂志奔波，现在静下心来一本本地过目，温静才发现在寻找的过程中竟然已经发生了这么多事。

第一本是在地铁站偶然买到的，之后认识了江桂明又找到一些，江桂明答应帮她，阴差阳错地托付金薇薇拿了杂志社的库存，后来她自己在网上发帖子，从各种各样的陌生人手里收集到了散落在城市角落中的杂志，而杜晓风也寄来了几本，最后金薇薇竟然主动帮了忙。

把最后一本《夏旅》装入纸箱的时候，温静轻轻呼了一口气。封存在这里的是孟帆短暂的人生，而留在人心里的是悠长的回忆。

温静感谢孟帆，跟随孟帆的笔端，她找到的不仅是杂志，还有青春岁月里难以忘却的那些事。

虽然这些事最终还是被舍弃了，死去的人永存于心，活着的人形同陌路。但是起码又确认了一遍，好歹记忆还在。

即便以后再难拥有，也证明他们纯粹爱过。

除了记住孟帆之外，温静能回报的只是把这些杂志送回给他的初恋，把这些掩埋在时光中的秘密挖出来，然后藏在另一个人的心底。

温静用黄色胶带紧紧地封住了口，从这里他们都要开始新的人生了，她笑着拍了拍纸箱，自言自语地说：

"孟帆，拜拜。"

但曾相见便相知，
相见何如不见时

在教室里，在操场上，

在他们每天骑车经过的街角。

她想应一声“哎”，

可是声音却怎么也发不出来。

再也无法回答他的问题了。

再也不能被这么爱着了。

1

温静和江桂明在第二天还是没有见成面。

江桂明突然被主编派到了外地，而温静在给苏苏发完快递之后，接到了面试那家网站的电话。

并不是那位执着于“贾君鹏，你妈妈喊你回家吃饭”的面试官打来的，而是当天的接待员，一个清秀白净的女孩子，她说看了孟帆的杂志很感动，正好有个朋友在做平媒宣传，问温静想不想去试试。

温静自然不会错过这样从天而降的机会，面试出乎意料地顺利，她被正式录用了。

签完合同那天，从公司一出来温静就兴高采烈地给江桂明打了电话，把这件事的渊源从头说了一遍，包括最初失败的那一次。江桂明一直很耐心地听，陪她一起高兴地讨论着。

温静觉得能跟另一个人分享这样的事很温暖，无论失落还是惊喜，都想立刻说给他听，这其实就是平凡的幸福。

走过路口的时候，亮起了红灯，温静悠闲地站在一边等，而身边的上班族却在不停看表，然后左顾右盼，恨不得立刻从车流中疾跑过去。看着他的身影，温静想，人生其实就是在过一个个路口，如果一直是绿灯，那么偶然遇到一个红灯也会觉得沮丧，而如果经过了很多红灯，哪怕中间只遇到一次绿灯也会觉得幸运。所以人运气好的时候，会因为一点点小事就不开心，而运气不好的时候，反而会因为微小的幸福而坚强起来。就像数学中学过的正弦曲线，在波峰与波谷之间起伏。

拥有和杜晓风的初恋，在公司忙忙碌碌的时候，她从来没觉得有什么特别的快乐。而经历了失恋、失业和一连串打击之后，今天的她已经能坦然地走在路上了。

或许多少也曾向成长妥协，或许也为失去青春而悲哀，但是总要继续走下去。

对面的绿灯亮了起来，温静仰起头，大步前行。

2

江桂明从外地回来就立刻约了温静，两人见面的那天恰巧是 8 月 8 日。想想一年多以前还在期待奥运开幕那天嫁人，温静觉得冥冥中真的有难以参透的宿命感。

江桂明订了一间意大利餐厅，他很熟悉这里，也很懂情调。此时他不再是那个爱随便开玩笑的精明的记者，而像位优雅的绅士，一切都掌控自如。

江桂明微笑地望向温静，温静局促起来，侍者为她倒上红酒，她忙客气地道谢，然后就低下头，逃避似的玩着手里的餐巾。

“喂，你紧张什么？”江桂明玩味地说。

“我……我才没有。”温静抬起眼睛瞪了他一眼。

“哦。”江桂明点点头，“那就好，要是现在就开始紧张，一会儿向我表白的时候你怎么办？”

“谁说要向你表白了！”温静红着脸争辩。

“你反悔？”江桂明靠近她一点说。

“我……”温静卡了壳，被他逗得说不出话。

“反悔也来不及了。”江桂明笑了笑，举起酒杯说，“我的表现你还满意吗？”

“还凑合吧。”温静装作无所谓，不置可否地说。

“真冷淡啊！伤心了！”江桂明早已洞察了她的羞涩，夸张地捂着自己胸口说，“你还从来没说过呢，温静呀，我那么喜欢你，难道到现在你都不喜欢我？”

“我……”温静的话还没说完就被江桂明的手机铃音打断了，他皱了皱眉拿起来看，有些讶异地说：“是晓兰。”

“接吧。”温静点点头，虽然在这个节骨眼上被打断很别扭，但是既然是孟帆的未婚妻，那么按下暂停键她也心甘情愿。

她很想再为孟帆做点什么，只恨没机会了。

周围很安静，江桂明站起来走到门廊去接听电话，温静掂着酒杯晃悠里面的红酒，浅浅一层红色挂在杯上，可以看出江桂明下的心思。面对这样的人，刚刚那句“我喜欢你”几乎已经脱口而出了。

温静正想着要怎么顺畅地跟他说出心意，江桂明握着手机走了回来。

“什么事？”温静问。

“没什么，今天的日子有点特别。”江桂明坐下来说，“如果……孟帆没去世，那么今天我大概会是他的伴郎，你大概会是他的嘉宾，我们应该在玫瑰饭店里第一次见面。”

“哦……”温静叹了一口气。

“晓兰有些难过，她可能自己喝了点酒，刚才哭了，跟我说了会儿话，就像上大学那时似的。”江桂明微微扬起头，回忆着从前说，“那会儿她也总向我抱怨，她没和孟帆好之前，就知道孟帆的初恋情结了。因为这个，没少赌气。”

“是吗？苏苏害人匪浅。”温静笑了笑，女孩子都会吃醋，知道孟帆心里装了这么美好的情感，也难怪晓兰生气。

“是呀，当初之所以定在今天结婚，是因为孟帆的初恋是去年同一天结婚的，看到她幸福，孟帆才安心。这事不知怎么让晓兰知道了，那会儿可是真不高兴，但现在人都没了，她又牵挂上了。刚才还跟我说，那个女孩什么都不明白，她恨不得亲口替孟帆说出来！”江桂明摇摇头。

温静怔怔地看着他，有些茫然。

初恋？苏苏？同一天结婚？

这些事好像怎么也对不上。

江桂明喝了口红酒说："苏苏原定在去年结婚吗？你不是说她前一阵才去香港买婚戒？是不是赶在奥运那天领证，今年才办事呀？”

“啊。”温静没有认真回答，她的心突然乱了起来，她也举起酒杯，喝了一大口红酒。

苏苏从来没说过要在去年 8 月 8 日结婚，曾经四处宣布喜讯的那个人，是她自己。

“苏苏收到那一箱子孟帆的杂志很感动吧。”江桂明没发觉她的漫不经心，随口问道。

“还……还好。”温静努力平静下来，告诉自己一定是哪里弄错了，然而她的手却有些不听话地抖。

“这件事你还真用心，要不是有杜晓风，我肯定以为你喜欢孟帆呢！”江桂明笑了笑。

“是吗？”温静也想笑笑，可她扯着嘴角怎么也笑不出来。

她觉得自己好像错过了什么，那是个驳斥了她所有曾经的秘密，即使她转过头再看，也无法挽回。

“你当初就从来没误会过孟帆喜欢的是你吗？”江桂明看着温静，又像往常一样开起了玩笑，“孟帆跟我说，他很想和他初恋的女孩说话，但又担心被她看破，所以他就找借口问她，她好朋友家的电话是多少。他说他问了好几次，甚至有点希望被发现了，但是他初恋根本没在意，每次都随口告诉他一串数字。他就是向苏苏问你的电话吧，苏苏没跟你说过吗？被问了那么多次，你就不会想入非非？”

江桂明以为温静会笑着反驳，但是她没有，她的眼神不知飘到了哪里，身体微微有些发抖，以至手中的餐具滑落在了地上。

周围的侍者忙过来帮她捡，而温静连句谢谢都没有说。

她很清楚，在过去那些年里，孟帆的确问过很多次电话，但并不是去问苏苏，而是羞赧地走向她，有点期盼地问：“苏苏家的电话是多少？”

看着温静的样子，江桂明仿佛明白了什么，方才轻松快乐的表情一扫而光，他睁大了眼，骤然沉默了。

3

过了一会，江桂明深吸一口气，看着温静的眼睛说：“他说他初恋的女孩那时一直喜欢着别人。”

温静一动不动地静静听着。

是的，一直喜欢着，那时苏苏喜欢着足球小将，而温静也喜欢着杜晓风。

“他说他每天早上都绕两个路口，只为了在上学的路上能遇见他喜欢的那个人。”

是的,所以清晨的阳光中,总能看到他的影子,偶尔迟到了,他还会故意停下来等。只是温静和苏苏都没有回头,因而也无法确定,假装若无其事地跟在她们身后的少年,到底在注视谁的背影?

“他说他会故意让生活委员安排他与他初恋的好朋友一起做值日，她们两个总一起回家，为了等自己的好朋友，放学后做扫除时，他的初恋就坐在一旁做功课。而他就可以偷偷多看她一会儿，因为老瞄向后面，所以擦黑板时常常碰翻了粉笔盒。”

是的,他碰翻了粉笔盒,和苏苏一起慌张地捡,可那个时候,坐在他们身后的温静,怎么知道他的目光真正看向了哪里?

“他说他的初恋撞裂了教室的黑板，老师责问是谁弄坏的时候，胆小的他举起了手，那是他第一次被骂，但是他很满足。”

是的，那分明是温静和苏苏的错，但是却逃过了老师的责骂。杜晓风站了出来当替罪羊，而当时第一个举手的人，的确是孟帆。杜晓风为了温静，而孟帆究竟为了谁呢?

“他说跟喜欢的人说话，会很紧张，会变结巴。”

是的，所以能背出大段的英文诗，却连简单的课文都念不好。

“他说他偷偷保存了一张她初恋替别人包的书皮，封面是李玟，名字是别人的，破的部分他用胶带粘好了，那是你包的吗？”

是的，原来那张给杜晓风的书皮，在孟帆这里才得以善终。

“我怎么会一直没想到，画向日葵的那天你也在吧？”

是的，她也在，杜晓风刚刚告诉了她，写着字的那朵花是她画的，比苏苏的丑，很好认。所以那天孟帆独自修补的花，正是她的作品。

“去科技馆那天，是你和苏苏一起站在抛物面传声器前面的吧？”

是的，是她先听到孟帆在 50 米外说的那句“在吗”，她还笑着大声回答了“在”。

“上音乐课的时候，你不是也坐在下面吗？有没有认真听他吹口琴呀？”

是的，就坐在下面，可是她从没认真听过，那首《以吻封缄》她虽然听到了，却只当成了与另一个男孩初恋的伴奏。

“夏令营你也去了吧？他是不是假装若无其事地问了你，才去报名的？”

是的，他特意在楼道里问的，先问的苏苏才问的她。只是那时她怎么会知道，哪个是喜欢，哪个是掩饰？

“你和杜晓风是准备去年8月8日结婚的吧？”

是的，8月8日，奥运会开幕那天。他们在校友录上公布消息之后，孟帆还特意恭喜来着。

“他说跟我成为哥们是因为开学第一天，我迎接他们时说出的手机号码后四位和他初恋女孩家的电话号码很像。我的是2515，你家的是不是1525？”

是的，高中时还没搬家，原先的座机号码就是1525，所以她第一次跟江桂明联系时，会觉得他的电话眼熟。

“初恋吗？”江桂明无奈一笑，扶着自己的额角说，“温静，其实孟帆喜欢的是你吧？”

温静没有回答，她觉得一种温暖的情感扑面而来，结成了厚厚的茧，把她包裹在里面，她什么都听不到、什么都看不到了。

微光中唯一清晰的是孟帆的身影，他带着清新羞涩的微笑，轻轻呼唤着她的名字。

在教室里。

在操场上。

在他们每天骑车经过的街角。

她想应一声“哎”。

可是声音却怎么也发不出来。

泪水流到了唇边，涩涩的，苦苦的。

为什么会哭呢？

因为她再也见不到那个男孩了。

再也无法回答他的问题了。

再也不能被这么爱着了。

眼泪沁透了茧，温暖被一丝丝地剥开，感到最幸福的一刻，竟然就是最悲伤的一刻。

温静重新看见了江桂明，她清楚地感觉到这不是高中的课桌，而是高级餐厅的酒桌，她突然觉得惭愧。

温静缓缓站起来，垂着头，喃喃地说："对不起……对不起，我先走一下。"

她猛地转身走了出去，江桂明没有拦她，他苦笑地看着眼前空余残红的酒，今晚所有的心思都付之东流，他终究输给了曾经，虽然不是杜晓风的那一份，但恐怕更加刻骨铭心。

江桂明举起了手，应侍忙走过来。

他想一会儿结完账要告诉他，藏着戒指的那个盘子不用上了。

4

比起 2008 年盛夏的闷热，2009 年 8 月 8 日的夜晚清爽很多。

撤去各种奥运会旌旗的北京繁华依旧，工体周围多得是买醉的人，大把的青春浪掷在这里，朦胧了街边的霓虹。

温静拎着包，迷茫地走在灯火通明的大街上。

她记得上学的时候，她和苏苏也经常骑车路过这里，但是那时候是这样热闹的吗？她好像从来没注意过这些，那时路旁的杨树是寂静的，那时的她们是单纯快乐的。也许这里不曾变过，变化的只是她们的心，因为有了欲望，所以便看见了奢靡。

记忆会因为人的成长而改变吗？那么她笃定的曾经究竟是不是那些年她真正经历的人生呢？在关于青春的那些日子里，到底掩埋了多少秘密，是被她自以为是地忽略掉的呢？那个沉默的少年，偷偷酝酿了怎样纯美的初恋，在一个人心中结成水晶，在另一个人心中却化作了尘埃？

一直相信着的爱情，从一块无瑕的玉被现实打磨成了粗糙的粉，零落在光阴各处，再也无法凝结。而从未想过的际遇，却在记忆深处闪着不可磨灭的光亮。

孟帆仔细珍藏着的爱慕，用时光制成了标本。温静回想起原来所有的细节，都像是他温柔的呼唤。

到底什么才是初恋啊？

回家的路上，温静一直在想这个问题，她迫不及待地想翻开孟帆的杂志，再次打开记忆的匣子。

然而急匆匆地冲进屋里，面对空空如也的书架时，她一下子愣住了。

她忘了，孟帆所有的心意，都已经被她打包，不经意地送往另一个地方。

人生就是这么可笑，她以为属于她的，却抛下她走了；她以为不属于她的，又被她自己丢了。

坐在地板上，温静久久没有动，缓过神来的时候，窗外的路灯已经亮了又灭，而她脸颊上的泪也已经干了又湿。

5

那些日子温静一直过得混混沌沌的，她谁也没找，谁也没见。虽然每天像往常一样过着朝九晚五的生活，但实际上她在努力地回忆过去的种种，而那些往昔却怎么也无法确认。

那天是晴朗的吗？真的发生那样的事了吗？透过孟帆的眼睛又看见了什么呢？

原本她以为画上句号的事，又全部变成了疑问句。

而她最大的困惑就是，当她交付全部的初恋已经在现实的壁垒下宣告终结时，那么普通到可以说得上可怜的她，真的存在于孟帆消失的生命中吗？真的如他所写的那么光亮吗？真的被深刻地记住并被绵长地爱过吗？

像她这样的人，也会拥有初恋爱？

会吗？

没人能解答她的疑问，因为孟帆不在了。

她每晚挂在QQ上，而属于孟帆的头像却一直灰着。

那颜色让她的心尖隐隐作痛。

她从来没有像现在一样，想穿越时光重来一遍。但显然这不可能，她脱离不了时间的约束，在不知不觉间已然长大。而她也终于知道，长大并不是单纯由年龄标分的，更多的意味在于，当回首从前的时候，会发现想回也回不去了。

就在温静怅然若失的时候，她很意外地接到了焦磊的电话。

寒暄地问好之后，焦磊提起了关于孟帆杂志的事，他说他那里有一本，但是找不到苏苏的手机号了，想让温静帮忙问问，还需不需要，温静毫不犹豫地说她要。

她甚至没问刊号，因为她手里一本都没有了，哪怕是其中的任何一期，都很珍贵。

“唔，不过现在不在我手上，我给刘欣然了，那里面有篇文章写了点我的事……嗨，就是我当年追刘欣然的事，我觉得挺有意思的，就给她看了。你直接管她要吧！我跟她说过，她留着也没什么用，给你和苏苏正好凑个整。”焦磊不好意思地笑着说。

“成！”温静也笑了，怀念初恋的又怎么会只有她一个呢？“我去找欣然吧，用不用帮你带个话？”

“不用不用！”焦磊忙撇清，“都是以前的事了。”

挂上电话，温静心下黯然，都是以前没错，所以人们常常觉得那就是经历的全部，可是看到的与感觉到的其实只是自己的这一边，以前也一定有不知道的事。甚至，也许不知道的那些才是真正的从前。

温静与刘欣然约在了一间咖啡厅，因为工作的缘故，刘欣然晚到了半个多小时，一坐下来就不停地道歉。

“没关系，你喝点什么？”温静微笑地张罗着。

刘欣然看酒水单的时候，温静突然想起，上次聚会杜晓风说过初恋其实是她，那时温静难过了很久，而想想当初孟帆一直默默地看着她与杜晓风在一起，那将会怎样地失落呢？

“我听焦磊说了，你们找了挺久的吧？”刘欣然掏出杂志递给温静说，“确实很感动啊！难以想象孟帆那么安安静静、不声不响的人，竟然偷偷藏了这么细腻的感情。”

温静接过杂志酸涩地点点头，可是这么细腻的感情，却被她错过了、无视了、遗忘了。

“对了，一直想跟你说，同学聚会时我和杜晓风的事，你别往心里去。”刘欣然笑着说。

“没有，没有！”温静忙摆摆手，她确实因此难受过，但是现在已经放下了。

“你不知道，他那天撒谎了。”刘欣然眨了眨眼说，“他没喜欢过我，散了的时候他特意跟我道歉来着。之所以那么说，是怕有人扯着你们俩的事开玩笑，他说你一定会很不高兴。杜晓风对你的事很上心的，他好像也找焦磊要过杂志。焦磊还说，他没准在吃孟帆的醋呢，上高中的时候这两个人就不太要好！杜晓风大概误会过孟帆，最开始以为他喜欢的是你呢！”

温静愣愣地看着她，她想起杜晓风给她发的那条短信，想起那天杜晓风和刘欣然合唱《只爱一点点》的情景。如果换作她自己，她是否能毫不动容？她一定做不到，那时的她大概会落下眼泪，溃不成军。

她没有想到，原本以为的伤害，其实是杜晓风对她最后一次的温柔。原来杜晓风比她先知道孟帆的心意。

从咖啡厅走出来的时候，天已经黑了。

温静向刘欣然道谢，刘欣然说:“别客气啦！能为孟帆做点什么，我也很开心呀！”

“谢谢。”温静又说了一次，这次是替她自己。

“有初恋真好啊！”刘欣然插着兜吸了口气，扭过脸笑着冲温静说，“对吧？”

“嗯！”温静使劲点了点头。

6

坐在出租车上，温静迫不及待地打开了刘欣然给她的杂志，让她惊喜万分的是，那竟然是2006年1月刊！而她一直寻找的附赠特刊就被完好无缺地夹在里面。

特刊的专题是《心的疆界》，每位记者都写了一篇关于人性的文章，从不同的角度给出了别致的看法，孟帆的那篇叫作《欺骗》。

撒谎是不好的。

皮诺曹的鼻子会变长，放羊的孩子会被狼吃掉。

他们好像都很悔恨，于是老师和家长们就说，不要撒谎，撒一个谎就会懊悔万倍。

然而我觉得一定存在这样的事。

即使说了谎，也绝不后悔。

我想每个人的生命中都会有被瞩目的时候，会大着胆子做出惊人之举。

也许是一次精彩的论述，也许是一单成功的生意，也许是婚礼上的誓言。

说出来也许会被笑话，平凡的我到目前为止最光彩的一刻只发生过一次，那是在我高中的一场篮球比赛中，我进了一个并非压哨球的、只得了一分的后仰式三分。

本来比赛前我和我的一位同学说好，第四节换他上场，因为他在追班里的一个女孩子，想炫耀一下他花哨的球技。但是我却食言了，因为在篮球架的下方，我看到了我的初恋。可是她的目光并不在我的身上，她喜欢的是别人，即便我摔在地上也没有为我皱一下眉。

真的非常嫉妒，而嫉妒往往会让人做蠢事。

在落后的时候我获得了两次罚球机会，第一次球差点没进，她分明着了急，看着她忧心地看着我，我竟然恶劣地觉得满足。而第二次罚球，我退到了三分线上，这个大胆的决定超出了所有人的预料，一片惊呼声中我投中了一个后仰式三分球。

在沸腾的场边我看见了她的微笑，在那一瞬间，她眼里只有我一个人，我听见了她为我欢呼的声音。

无关乎结果，我心中的这场比赛，已经胜利了。

所有人都不知道，造就这个进球的，是一个谎言。

那是个清爽的早晨，早到校的她和晨练投篮的我在班门口不期而遇。可是我忘记带班门钥匙，我们只好站在楼道里等着班长来。

大概和我这么闷的人待在一起很无聊，她掏出了随身听。而令我意想不到的是，她居然递给我一只耳机。

“喜欢光良还是品冠？”她笑着问。

“光良。”我答。

“我也是！”

她很高兴，特意倒带子，放了一首光良的歌，歌名我已经忘记了，或者说当时一个音符我都没听进去。

她离我很近，近得可以看到她淡淡的眉毛和唇边小小的痣，我们只隔了一根耳机线，那大概是我与她之间最短的距离。我甚至担心，她会听到我急速加快的心跳声。

就是在那时，我逞强地说，我要在比赛中漂漂亮亮地进个后仰式三分，给她好朋友看。

她善良地为我加油，但是我却骗了她。

其实我只是无法坦率地说出来，那个进球是想让她看见的。

其实比起光良清透的嗓音，我更喜欢品冠的温暖。

其实那天我带了班门钥匙，就在我书包内侧的小兜里。

时不时看向腕表的她肯定不知道，这短短十几分钟的晨光对我来说有多么珍贵。

很抱歉对她说了谎。

但是我真的一点都不后悔。

7

“小姐？到了。”出租车司机从后视镜里好奇地看着温静，他叫了她很多声，而她却只是愣愣地流泪。

“哦，对不起。”温静忙掏出钱包付车费。

“要票吗？”司机问。

“不用了。”温静吸吸鼻子说。

“小姐，你可不要想不开啊，失恋也没什么，你这么年轻，再找个好的呗！”司机把她当作了夜归的失恋女子，好心地劝慰。

温静一怔，苦笑着说：“不是失恋，是多了份从来不知道的初恋。”

“那不是更好！该高兴啊！我跟你说，所有男人都对初恋很在意的！”司机找给她零钱，笑了笑说。

“是啊。”温静的目光又飘荡起来。

因为很在意，所以才可以深埋心底，藏了这么久吗？

那天晚上温静把她手里唯一一本《夏旅》看了很多遍，直到睡觉前还在想那时孟帆的样子。

她做了个梦，梦见他们还在上高中，班里坐满了人，她高兴地站起来，想跑去跟孟帆说话，起码要谢谢他留给了自己一份这么美好的初恋。可是她看见了杜晓风，看见了苏媛，看见了焦磊，看见了刘欣然，就是没能看见孟帆。

孟帆的座位空着，上面什么都没有。

醒来的时候是凌晨 4 点，温静抱膝坐在床边，关于孟帆的记忆，她已经枯竭了。

无论再怎么努力，都无法想起更多的事。失落的青春已经无处弥补，他们相知的时候却再也不能相见，这样想着的温静，觉得很难过。

因为比起失恋，更悲伤的是失去过去，失去时光。

安得与君相决绝，免教生死作相思

那么一瞬间，她想当初孟帆会不会也坐在某个地方，
先深深地呼吸一口槐花的香气，再放下背包，取出相机，
从镜头中寻找那洁白如雪的一片，悄悄按下快门。
也许微风会吹落一些花瓣，
落在他的肩上，就像毕业那年一样。

1

苏苏和她男朋友领证了。从谈恋爱起就万事领先温静一步的她，将这个记录继续保持了下去。

领证前一天，她带着孟帆的所有杂志去了温静家，按门铃之后就不停地对着对讲机大喊："快点下来，帮我往上搬！"

看到孟帆的杂志，温静吃了一惊，她不知道为什么苏苏会把这些还给她，关于以前的所有事，她们一直互相分享，而现在温静却不想把孟帆的秘密说出来。一半是不想因为这个多年来的误会让苏苏尴尬，另一半是因为她不愿将这纯美的爱慕曝光，而是想埋在心底，随岁月陈香。

苏苏坐在温静的床上，不停喊热，温静给她拿了一罐可乐，她喝了几口，才缓过气说："我跟你说，我现在很紧张，你信吗？"

温静笑着坐在一旁说："明天领证，难不成今天打算当逃跑的新娘？"

"我倒没那个勇气，但是我竟然马上要嫁人了，要做别人的妻子了，要组成家庭担负责任了！想一想就觉得有点退缩……你说是不是结婚前大家都这样啊？"苏苏愁眉苦脸地说。

"也许吧！你应该有信心才对！我觉得你们俩很合适！"温静劝慰她。

"是啊，虽然没有谈恋爱时那么大的热情，也觉得少了点浪漫的感觉，但是我老公确实是适合结婚的那种男人！女人啊，总是心里头爱的是一个人，嫁的又是另一个人。”

“哎呀！这话你可别瞎说，谈恋爱不能当饭吃，人还是踏实过日子吧！”温静拍拍她的肩膀。

“对呀，所以我也没奢望什么，今天就来跟过去彻底拜拜。”苏苏抿抿嘴唇，站起来把纸箱里的杂志往外拿。

“你这是要干什么？”温静小心地问。

“明天就嫁人了，所以打算把以前的事都忘记。”苏苏淡淡一笑说，“足球小将的信我昨晚上就都烧了，孟帆的杂志你费了这么大力气才找来，我舍不得，所以干脆放回在你这吧，也当个念想。放这里成吗？”

苏苏指着空着的书架问。温静点点头，也走过去帮忙。原先杂志就放在那儿，看着小书架被一点点填满，温静觉得自己迷失了好几天的心也归了位。最后放进去的是充满回忆的那六本，苏苏拿起来，轻轻掸了掸封面，叹了口气说：“其实我那时喜欢过孟帆。”

“啊？”温静惊讶地抬起头。

“你想啊，他又不是让人讨厌的男生，你们总围着我说，他喜欢我、对我好，我怎么会一点不动心？”苏苏腼腆地低下头。

“可是，你没跟我说过……”温静疑惑地说。

“因为总有一种奇怪的感觉，他明明看起来像喜欢我，可是真正喜欢的却不是我。如果说破了被否认，不是很丢人吗？”苏苏眯起眼睛说，“你还记得毕业那天的事么？他在楼道里停下来等着我。”

“记得。”温静懵懂地说。

“其实那天应该说是我停下来等他，因为是我先停下脚步的，我那时和足球小将不好了，我想问问他，到底喜不喜欢我，如果喜欢，我们上了大学能不能在一起。”

“然后呢？”温静问。

“然后你就先走了，他回过头，看着你走下楼才慢慢转回来，我以为他要在没人的时候跟我表白了，紧张得要命，结果他只说了几个字：苏苏，谢谢你。”苏苏微皱着眉头，仿佛回到了那个洒满夕阳的楼道，“他的样子很诚恳，但是一点都没有那种对我怦然心动的感觉。我一句话没说就跑了，说实话，我觉得自己很冤枉，我大概替他真正喜欢的人背了黑锅。”

“哦……”温静心里五味陈杂，她没有看苏苏的眼睛，虽然谈不上谁对谁错，但是这个误会到底是因为她才产生，所以她觉得很内疚。

“我还怀疑过你呢！但是看你和杜晓风好得一个人似的，想想也不可能。”苏苏笑着说。

温静紧张地看着她，不知道这件事说出来是好是坏：“我……”

“算了，过去的事不要提了，糊糊涂涂也挺好的。反正这么折面子的事我肯定不会四处宣扬了，你们所有人都以为他喜欢的是我，我也有虚荣心嘛，也就一直没有否认。后来看着你那么努力地找他的杂志，几次想跟你说，但又觉得你要找的不仅仅是杂志……这绝对不是强词夺理哦！我知道你吃了不少苦，你要抱怨我可以，但不要把火气撒在杂志上啊！”苏苏把杂志抱在胸前，瞪着眼睛说。

温静忙摇摇头，嘴里念叨着：“不会，不会。”

“紧张什么！逗你的！我知道你绝对不会啦！你这人就是爱认真！”苏苏笑了笑，把最后六本杂志塞进了书架里。她退后两步，拍了拍手说：“好了！我走了！”

“你真的不要了？”温静看着轻快地拎起手包的苏苏说。

“不要了！”苏苏走到门口，回过头说，“会失去的东西才会珍贵，不失去就不会永远记得，而失去了也不代表没存在过。对吧？”

温静怔怔地点了点头，她觉得自己好像突然明白了点什么，原先纠结于心的那些遗憾、埋怨、失望与哀伤都被轻巧地化解了。

送走苏苏，温静从床头柜里拿出了最后那本从刘欣然那里要来的杂志，和其他六本单独放在了一起。想按时间将杂志排序的她突然愣住了，温静看着书脊上的刊号，露出了不可思议的表情。

2006 年第 1 期。

2006 年第 9 期。

2005 年第 8 期。

2009 年第 4 期。

2008 年第 1 期。

2007 年第 2 期。

2007 年第 6 期。

1984126，拼凑起来的刊号，恰巧是温静的生日。

2

可能孟帆最初并没有故意这么设计，写了几期才发现这样的巧合，这才按照温静的生日写了下去。他其实也在回忆，但回忆并不是他生活的全部。孟帆写的最后一篇文章《又见槐花飘香时》，就是2009年第4期，也是这个生日密码的终结。之后，他大概再也不会写关于初恋的事了。他要结婚了，他一定想好好地和晓兰在一起，平静地过完平凡幸福的人生。

而晓兰也许是第一个发现苏苏并非孟帆初恋的人，温静还记得晓兰得知苏苏没有结婚时惊讶的语气，就是从那时起，本来冷淡的晓兰给了她江桂明的电话，那便是寻“孟”之旅的开端，也是晓兰独自的心意，送孟帆走过的最后一程。

丝丝缕缕的联系被穿成一线，温静被牢牢系在中间。那天她一直想，对于孟帆来说，她究竟是怎样的存在，这些根本被她遗忘掉的时光，在孟帆心中为什么被这么珍重地保存着。

喜欢却不说出口，这是那时的孟帆做出的选择。安静的他转学到陌生的学校，喜欢上了已经有杜晓风的温静，他的感情细腻却无望，或许将初恋变成暗恋，是他唯一能做的事。

温静想起他怯怯地问自己苏苏家电话的事，那微薄的期冀在她报出一串数字的时候，一次次地暗淡下去。这么支离破碎的片段，在孟帆的心中却凝结成了对于初恋美好的记忆，变成了杂志上那一篇篇感人的文字，流淌在这个城市的各处。

这便是初恋时的爱吧，温静托着下巴颏笑了笑。

人们往往对爱情患得患失，付出的时候都小心翼翼的，怕被伤害被辜负，没有谁能勇敢地说不记回报。但是初恋不一样，在回忆起来的时候，大家常说的是自己那时是怎样地去喜欢那个人，而不是那个人如何地喜欢自己。所以温静记住了杜晓风，忘记了孟帆。

温静已经无法知道，她到底给孟帆留下了什么了。这个秘密终究伴随着孟帆一起，被掩埋在生命的尽头。但是她现在清楚地知道孟帆留给了她什么，那是一种沁到心底的温暖，照亮了她的人生。

人总是先学会了爱，才会被爱，然后因为被爱变得勇敢。

行走在布满荆棘的路上，经历着不断被否定的成长，亲手埋葬梦想，因爱而不停受伤的每一个人，在最初一定都被好好地爱过，都被认真地惦记着，都被默默地祝福。

这是让人继续前行的勇气。

3

9 月初的时候，温静去了一趟槐荫区。

她想去看看孟帆最后看到的风景，为寻“孟”之旅画上句号。

从北京到槐荫要坐四个多小时的火车，靠在窗边昏昏欲睡的温静，意外地收到了江桂明的短信。

他们自从上次吃饭之后就没有再联系了，这便是现实的尴尬，心里大概都有了决定，但谁也不愿先一步袒露。

很流行的那句话不是也这么说？认真，你就输了。

江桂明的短信仍然充满玩笑味，他写着：“我表妹的手机坏了，你保修吗？”

温静笑了笑，回复：“我不卖手机很多年。”

江桂明很快就有了回信，说：“干什么呢？”

温静看了看窗外的平原，写：“在火车上。”

江桂明大概怎么也想不到她会离开北京，也不发短信了，直接打来电话，口气有点焦急地问：“又不是五一、十一的，你去哪儿啊？”

“你不会以为我再也不回来了吧？”温静笑着说，“我去槐荫区看看。”

“孟帆？”

“嗯。”

两人沉默了下来，听筒间只传来火车车轮的轰隆声。隔了一会儿，江桂明说：“我记得你说过，记忆会超越岁月，可是今天就是明日的记忆。”

“我也记得你说过，等待是青春苍老的开始，可是现在我觉得，是等待才让青春永恒。”温静缓缓地说。

江桂明叹了口气，他不常叹气，总是有着不寻常的精力，能轻易地让一切轻快起来。而那种快乐其实是很让人贪恋的，温静闭上了眼睛，偷偷回味着。

“我本来预备好了台词，‘他在天堂等你，我在北京等你’。”短暂的失落之后，江桂明打趣地说，“还不错吧。”

“不错。”温静想了想，的确是很让人感动的话。只是听他这么说出来，她就知道自己不可能被感动了。

“可是很抱歉，还是没能按计划执行。”江桂明低沉地说，“想起你的时候就会想起孟帆，想起他在诗社活动时，有一搭没一搭地说起自己的初恋的样子。有时候我也会因为他做过的那些蠢事笑他，他却不以为然。我忘不了他那时的神情，很安静也很专注，好像在享受什么我无法体会的乐趣。他一定很喜欢你，你是他留下来的最珍贵的礼物，现在交到我的手上，我能保护好吗？让你幸福，让他满意？说实话，我感觉有些沉重。我们都知道，他去世了，所以他爱你的事实不可能改变了，这是我打不破的过去，但是却因为这些过去才有了现在的你。我这样的人也会担心啊，知道了孟帆的事之后，你会怎么看待我？你能坦然吗？”

“我大概也不能。”温静诚恳地说。

“是了，我以为我们之间只有杜晓风，现在才明白，真正让我们遇见又分开的，其实是孟帆。”江桂明顿了顿说，“因为过去，有了现在，因为现在，才有未来。我拨不转时钟，抓不住你。”

“对不起，我没能遵守约定。”温静觉得有些难受，她不是不喜欢江桂明，只是不能这么若无其事地拉住他的手。

“别说得这么早，再过一段时间吧，也许哪一天，我们都想明白了呢。”

“嗯！”温静重重地点了点头，直到挂上电话，她都没让江桂明听见她哽咽的声音。

而江桂明则给她发了最后一条短信。

那是一张戒指的照片，他在底下写着：“上次握紧你的无名指，偷偷丈量了指环，只差一点我就上演了你最爱的俗气戏码，可是它现在没人要了。不管怎么样，请你记得，虽然不是最初的，但那还是爱。”

温静的手轻轻一颤，想按保存的她不小心按成了删除。

火车轰鸣前行，窗外一望无际的麦田绿油油的。温静揉了揉眼睛，她好像做了一场梦，梦中有一个很爱跟她开玩笑的男孩，他开车送她回家，送给她像大号地球仪一样的礼物，带她吃意大利餐厅，还差点给了她一枚戒指。他们互相允诺了什么，然后又让誓言消散。

温静很喜欢那个戒指的款式，银色的指环上有一点细碎的金，大概因为得不到了，所以她难过得哭了。

4

温静拿着孟帆的杂志，走进他拍照的那一大片槐树中间。

她仰起头，眯起眼睛望着茂密的树冠，在旅途中的哭泣使得她的眼睛有些肿，迎着阳光感到十分酸涩。

温静之前还想找到《又见槐花飘香时》那张照片中的槐花，但是到了这里才知道一切都是妄想，姑且不算这么多的枝叶，她要找多久才能找到孟帆看到的那一簇，就算她能找到，那也已经过了生长的周期，绽放了又凋谢了。

意识到自己可笑的温静干脆坐在了树下，她靠在树干上，环视着周围的景色。

那么一瞬间，她想当初孟帆会不会也坐在某个地方，先深深地呼吸一口槐花的香气，再放下背包，取出相机，从镜头中寻找那洁白如雪的一片，悄悄按下快门。也许微风会吹落一些花瓣，落在他的肩上，就像毕业那年一样。

那时孟帆一定会想起自己吧！

会想起因为她被老师批评的那堂课；

会想起每一个和苏苏做值日的黄昏；

会想起两人一起念课文时的紧张；

会想起她画的并不漂亮的向日葵；

会想起后仰式三分球和清晨的操场；

会想起科技馆里的抛物面传声器；

会想起音乐课后悠扬的布鲁斯口琴《sealed with a kiss》；

会想起海边的明信片；

会想起最后一次说的再见。

温静不自觉地露出了温柔的笑容，她举起胳膊，用手比成取景框的样子。她慢慢移动着双手，透过圈起的小小方框，她看见了天空、槐树、阳光和云彩。她相信一定有那么一点，使她和孟帆的视线穿越时空交融在了一起。

“你喜欢我吗？”温静看着取景框问。

周围静悄悄的，微微传来风声和树叶的“沙沙”声，却没有人回答她的问题。

“你喜欢我吗？”温静的声音大了一些。

“你喜欢我吗？”她哭着喊出来。

眼前的景色渐渐模糊，温静的胳膊有点酸了，隔了一会，她轻声低喃：“我喜欢你。”

在世界另一边的孟帆大概会这么回答吧。

从槐荫回北京之前，温静去了孟帆罹难的地方。那是公路的一角，现在丝毫看不出当时的痕迹。

温静采了几朵野菊花，她把花放在路边，看着那里认真地说：“谢谢你。”

这是注定没有回应的感谢，温静淡然一笑，轻轻地说：“拜拜。”

身旁有车驶过，掩盖住了她的声音，温静缓缓站起来，转过了身。

远处吹来了一阵西风，花瓣在原地打了个旋儿。

“拜拜。”

她仿佛听见了时光那头的回音。

温静停下了脚步，她猛地扭过头，看着孟帆消失的地方，怔怔地站住了。

她终于记起来了，她第一次见到孟帆时的样子。

5

那天放学的时候，温静和苏苏像往常一样叽叽喳喳地说笑着往外走，讨论的无非是流川枫和藤真到底谁更帅，柯南为什么总长不大这样的话题。

班主任李老师在楼道里跟一个陌生的男生说话，因为逆着光，所以看不清那个男生的长相，走过他们身边时，温静回过头，笑着说："拜拜。"

苏苏纳闷地看了那个男孩一眼，男孩愣愣地看着她们。

"那个男生是谁呀？"苏苏问。

"什么谁呀？"温静不明所以。

"就是李老师旁边站着的那个。"苏苏捅了捅温静。

温静回头看了看，微微一笑说："不认识。"

"不认识你刚刚跟人家说再见！"苏苏翻翻白眼。

"我是跟李老师说呢！"温静挽住苏苏，促狭地说，"不过那个男生还长得挺帅的哦！你喜欢上人家啦！"

"胡说八道！是你喜欢吧！"苏苏掐了温静一把。

两人说笑着跑下楼梯。

而远处的孟帆一直默默看着她们的背影。

他们的命运就在那个地方，转了一个弯。

平时见到李老师就像老鼠见了猫的自己，那天怎么就突然跟她说了再见呢？

因为想看看他的样子所以才回过头？

孟帆看起来很帅吗？

在第一次见面的时候，谁先动了心?

她喜欢过孟帆吗?

不喜欢吗?

岁月太久远，有些秘密在光阴中已经难辨，隔着生死的界限，可能不清楚反而更好。

温静唯一能确定的是，这是她能记起的、关于孟帆的最后一件事。

尾声

回到北京的温静慢慢忙碌了起来。

她依旧每天挤地铁，滴乐敦眼药水，吃胶原蛋白，坐在电脑前不停做一大堆看不出来意义但必须要做的工作。偶尔会被经理骂，然后向同事抱怨，没有男朋友的几个剩女就会约在一起，去夜店喝一杯。周末的时候苏苏还是会约她出来聊天，她们的话题再次升级，从要小孩到婆婆很令人头疼，两人一说就能说上几个钟头。

她们也会再提起初恋，苏苏便会无休止地重复与足球小将的那点事，温静也会无休止地附和着“是啊”。与以往不同的是，她也会说起杜晓风和江桂明，给苏苏讲北戴河的星空、沙滩和散开的鞋带，讲地球仪状的礼物、红酒和戒指。

苏苏说她与江桂明未免太遗憾，温静没有答话，江桂明的手机号她一直没有删，虽然再也没收到那个人的只言片语，但她想说不定哪天他表妹的手机坏掉了，他还会来找她。

温静与杜晓风也已经不联系了，只是通过他人人网的状态知道他贷款买了房子，准备装修，还有就是金薇薇在筹划为孟帆在《夏旅》做一个专题，名字剽窃了她的创意，就叫做“初恋爱——寻‘孟’之旅”。

但是这件事她没有跟苏苏说，在他们的生活中，孟帆真的离开了，没人再说起关于他的种种，多的是新鲜的生活新鲜的人。台风莫拉克重创台湾，传奇巨星Michael Jackson死因公布，《快乐女声》几进几评委又爆出内讧，建国60年大庆要用多少烟火……人们每天点击的都是这样的新闻，温静也是如此，看上去过得很逍遥，像是把一切都忘了。

然而不提起并不代表忘记，全部忘记是小孩子们才爱说的大话。

温静把孟帆放在了一个独特的地方，那是她心里小小的一隅，承载着最初的美好和感动，让她在琐碎的生活中不再寂寞。

接下去要做的事情就是，带着孟帆的青春一起，慢慢变老。老到要死去的时候，就换上干净的衣服，抱着这几本杂志，闭起眼睛躺在床上。这样如果再见到他的话，就可以当面问：“你喜欢我吗？”

温静想听他亲自说出来：“我喜欢你。”

初恋时不懂爱吗？温静并不这么认为。初恋时的爱叫作初恋爱，是最棒的恋爱。

是无论多么不起眼的人，是丧失掉爱情信仰的人，是沦陷于现实中的人，是变成一个个社会符号的人，都一定有过的爱情。

因为拥有孟帆的初恋爱，温静的人生始终会亮着一盏灯。

这一点微光足够温暖，她已经幸福过了。

入秋的北京有点冷，穿着薄风衣的温静缩了缩脖子，人行道上的红灯变成绿灯，她微笑着仰起头，轻快地走入行色匆匆的人群中，一会儿就不见了。

番外之　桂

江桂明再次见到那枚碎金戒指时，已经是孟帆去世后第二年的春天了。

它本来被藏在书桌最下层抽屉的最里面，那大概便是人心里最矛盾的位置——既不愿意忘却，也不愿意常常记起。

如果不是装剪报的文件簿夹住了挂在戒指盒上标明“桂”字的那张卡片，它不知还要被放在那里多久。

江桂明眯着眼睛拿起了戒指盒，藏蓝色的天鹅绒面上蒙了一层薄灰，他犹豫了一下，还是没有将它打开，只是把那张不甘寂寞擅自出现的卡片取了下来，然后他把盒子又往里塞了塞，彻底断了它重见天日的念想，关上抽屉了事。

然而，当江桂明扔了那张卡片，放了一张CD，冲了一杯伯爵红茶，又读了半本杂志时，他才发现一切还是徒劳。

他能躲过戒指的璀璨，却躲不过记忆的闪光。

“这是什么？”

“我的符号。”

“桂？”

“嗯。”

温静低垂着头，轻抚卡片上的文字，小心又好奇的样子，清晰恍如昨日。

澎湃的情感在一分一秒的时间洗涤中终会磨成沙砾，憧憬与痛感都不再敏锐，而偏偏记忆跳脱出来，固执地证明，在消失不见之前，还曾真切存在。

江桂明一向不喜欢抽象的东西，他更愿意相信具象的，伸出手就可以摸到，确定就在那里，就像他的卡片一样。

紫色的纯质纸，烫银的汉字，笔画深处蔓延着矢量花，如同中世纪欧洲信封火漆上古老的印章。

江桂明已经忘记他到底从何时开始用这个炫目的符号了，这个设计不菲，大学周围的小名片店捞足了一笔他的银子。那时孟帆还曾替他取过印好的卡片，找他跑腿是最好的，因为他从无怨言，只是有些疑惑，不明白平添上这一张卡片有什么不同。

“它会映刻，刻到人的心里。每天看到它的时候并不觉得怎样，但是它已经开始蚕食、开始占据，直到某一天不再收到卡片，以前累积的所有会带着回忆汹涌而出，于是落寞翻倍，想念也就翻倍。人就是这样，只有心里先缺了一块，才能腾出足够的地方深深记得。”

“是吗？”

“是，所以说，你安安静静做的那些没有用，都是一定会被忘记的事！”

“一定会被忘记啊……”

“反正早认识我的话，你的初恋肯定不是暗恋了！”

那时江桂明得意张狂，而孟帆清淡羞涩，仿佛被铭记特别重要，但是被忘记也不是什么大不了的事。只不过他们谁也不会想到，多年之后奇妙的宿命在他们之间不知不觉就打了个结。

而到底有什么被映刻？又有什么被忘记呢？

江桂明无奈地笑了笑，他也不明白，一年了，明明是温静没再收到卡片，为什么汹涌而出的却是他的回忆？

笑容融在空气中，转瞬化为寂寞。

“为什么用‘桂’字？”

“就用了呗，怎么样？”

“还可以吧。”

“要说很好！”

“哦……很好。”

江桂明忘了自己当初为什么就挑中了名字中的“桂”字，所以当温静问起来的时候，他也答不上来，便插科打诨着过去了。

其实那时他与温静的话题寥寥，多是关于孟帆的，但是因为喜欢她，所以他从未觉得无聊。

偶尔他也会想，怎么就中意这样一个被人抛弃、看起来没什么出众之处的女孩。直到他们分开，他也没能特别明白。大概是在被生活消磨了太久后，在找寻初恋爱的过程中，不知不觉地散发出了很寂寞很想好好爱的气息，于是彼此吸引，在某一时刻顺势而发。

江桂明曾跟温静说，他们俩在谈恋爱。很土的词，但是很难得的感觉。

他们真的是“谈”，能一晚上坐在花坛边手拉手地聊天。江桂明很喜欢握着温静的手，攥在手心里软软的，捏一捏，她便轻轻地回握。十指相交的亲昵，有种温暖的幸福感。

他没有急于得到温静，因为他笃定温静是他的人。他想，他们的时间还那么长，足够慢慢地来做很多事，他提过好几次，约她一起逛商业街，看夜场电影，去海边旅行。

然而他们最终结束在了这些发生之前，江桂明懊恼怎么没有抓紧时间，哪怕实现其中一件。可是人生就是这样，往往是意想不到的事情决定结果，一切都再来不及。落空的那些愿望说不出来又消散不去，人们便给了它一个名字，叫作遗憾。

温静就是江桂明的遗憾，每每想起，总会心疼一下。

兴许是太短暂了，可供回味的片段太少。无趣的调侃，指尖的触觉，许下的诺言，江桂明都能暗记于心。

只是这种记忆越是鲜活，就越昭显他失去了她的事实。

那枚戒指惹了祸，扰乱了时光，撩起了不可言说的隐疾。江桂明靠在沙发上，紧紧闭上眼睛。他强迫自己不要想，尽管他知道，记住很难，但遗忘更难。

正在这时，他的手机突然响了起来，江桂明一怔，拿起手机时心里竟然有点紧张。

来电的是他们杂志社的女编辑们，几个小姑娘叽叽喳喳地让他请吃晚饭，说是找到了充分的理由和非常合适的饭馆，江桂明笑着一口应了。他在旁人眼里仍是那个风度翩翩谈笑风生的记者，万花丛中过，片叶不沾身。他也乐得这样，胡乱热闹着，总强过一个人冥想。

他怕，怕电话响起的那一瞬，他再去期待什么。

小编辑们发来的地址七拐八绕，什么门前摆着白茉莉，装饰着复古邮箱，但偏偏就是不说那家餐厅的名字。江桂明也没细问。现在北京流行私房菜，破胡同里的一个斑驳的小院，推开门就可能别有洞天。有心人常常会选这样别致的地方上演悲欢离合，只是不知有多少心思修成正果，又有多少付诸东流。

泊好车时江桂明想起他也曾遍寻佳肴，带温静吃海鲜，泡后海的静吧，喝自酿的梅酒。那会儿温静还在做手机卖场的导购，又忙又累，一顿晚餐便成了他们约会的主要内容，几乎所有的《夏旅》都是在餐桌上完成了交接。

江桂明原先总是沮丧地觉得，他们之间的那一点点时光一直在围着孟帆打转，而现在隔得久了，反倒是渐渐回忆起了一些别的事。他们也曾相互别扭过，一个指责对方花名在外，历数听到的种种绯闻，一个不满对方掩耳盗铃，仅仅因为嗓音相似而刻意接近。说得急了时，一个喝闷酒，一个掉眼泪。

江桂明自诩从不让女生流泪，即便自己转身离去，也要让对方先优雅退场。然而看见温静的泪水时他却卑劣地心安，她真真的为自己哭过，不是杜晓风，也不是孟帆。

“我们要抱紧的，是我们的未来！”

“我们的……未来吗？”

“是！ 2009到天长地久！”

“很久呀。”

“不好吗？”

“好！”

虽然温静明明答应了“好”，但他们相拥着说过的话还是飘散在了夜风中。而那究竟是哪一天？在哪间餐厅？江桂明已经不记得了，他最清晰的记忆只停留在最后一晚，倒映着惊异与悲伤的红酒，藏在托盘里的戒指，还有被遗弃的“桂”字卡片。

江桂明点了支烟，掏出钥匙锁上了车门。他很清楚，回忆这个东西出现的时候，如果不是感怀而是感伤，那么要赶紧停止。直到关于那个人的一切润化成可以诉说的体会，再从心里拿出来回望，否则，不如不念。

烟圈袅袅上升，在他眼前如同遮了一层雾，江桂明抬起头环视四周，正要寻觅短信中说的门口摆着茉莉花的餐馆，却猛地愣住了。

那家小店一点都不难找，虽然隐藏在民居之中，但江桂明还是一眼就看到了它。

它的名字叫作“桂”。

一进入餐厅里面，江桂明就被小编辑们围着起哄，一个个都开玩笑让他交代，什么时候升格做了老板，开了间小饭馆。江桂明也就势打趣，要雇她们来做女招待。

上了菜，她们又接着讨论起别的话题。在她们看来，来这家店无非是找个巧合赖顿饭，而江桂明却总觉得，这里透着些不明所以的熟悉。

结账时他的直觉得到了验证，老板娘和他对视了一眼，两人惊讶得几乎同时喊出了对方的名字。

她是他中学时的同桌，也是他的初恋。

虽然江桂明经常说孟帆太过青涩，其实初恋时的他也没有成熟到哪里去，只不过会找各种各样的理由与同桌说话聊天，比如借根自动铅笔，几张数学作业纸，或者抢着看她的《当代歌坛》，用她的水瓶喝水，在下雨时和她同撑一把伞。他的同桌似乎并未发现他的心意，被他的恶作剧弄烦了，便气急败坏地喊：“江明！你太讨厌了！”

那时的江桂明不喜欢自己名字中间的“桂”字，他总觉得会让人以为是富贵的“贵”，显得很土。所以在书本上他都只写“江明”两个字，同学们叫得惯了，几乎都忘记了他原本的名字。

只有一次自习课，她翻开他的学生证，用铅笔在“桂”上面画了个圈，问：“为什么把它省略了？”

“不喜欢。”江桂明踟踟地答。

“不是挺好的吗？月亮上只有这一种树。”她笑了笑说，“你没听语文老师讲？月亮也叫桂魄。”

“是吗？”江桂明疑惑地看着自己的名字，也怪，被她轻轻一描，“桂”字看起来顺眼了很多。

“嗯，我挺喜欢的。”她转过头继续写作业，而他的心则跳快了几拍。

那大概就是“桂”式卡片最初的雏形，如果不是偶然遇见了她，江桂明可能会永远忘掉这段渊源了。毕竟他的初恋最终也只是随着毕业不了了之，任由岁月模糊了记忆。

然而时隔多年，看着近在眼前的女孩，想想这间店面的名字，江桂明突然觉得，也许他也错过了什么，也有人在他不知道的地方，望着他的背影，延续了他的痕迹。

两人的相认引得小编辑们一阵错愕，脑子动得快的，已经在一旁揣测起了故事，无非是落花有意，流水无情，一个辜负了另一个，痴情的女子便开了一间餐厅，只为记住他的名字。

故事足够狗血，却不香艳，逗得她们挤眉弄眼“哧哧”地笑，江桂明怕女孩脸上挂不住，推搡着那几个惹事精，统统轰了出去。

柜台前只剩下他与女孩两个人，江桂明微微颔首，笑着说：“怎么用了这么个名字？”

“门前有棵桂树。”女孩指着门外说。

江桂明扭过身看，“哦哦”地点头，心里却估量着她是不是在掩饰，自己是不是唐突问到了她不想说的秘密。

“还有……”女孩弯下腰翻找着什么，拿出一张卡片递给江桂明说，“从一个朋友那儿见着了这个，我很喜欢，又别致又雅气。”

江桂明愣愣地看着那张卡片，恍惚间以为这一切只是南柯一梦。

紫色的纯质纸，烫银的汉字，笔画深处蔓延着矢量花，这分明是他送出的“桂”字。

“你的朋友叫什么名字？”江桂明凝视着自己的卡片问。

“温静，不是咱们同学，你不认识的。不过她也算网络名人了，去年很火的《初恋爱——寻‘孟’之旅》你知道吗？那就是她做的，而且是真人真事啊！”女孩兴致勃勃地说。

“那你们俩怎么认识的？”

“我那时还在做网站接待员，她正好去应聘，但是被PASS了。我觉得挺可惜的，就跟我男朋友讲了，正好他们那里缺人，我就翻出她的简历找到她的手机号，给她打电话让她去试试，结果出乎意料的顺利，现在她就在那儿上班呢。”

“哦，这是她做的？”江桂明明知故问，这上面沾染了温静的气息，仿佛透过薄薄的纸，扑面而来。他迫切地想知道，对温静来说，他到底算什么。她是怎么对旁人提起自己的，是怎么看待与他的那段过往的。

“不是，是别人送她的。啊，对了，这个你不能拿走，我还要还她的。大概对方是挺重要的人，她很宝贝这些卡片，我只是借来看看设计。”女孩抽回他手中的卡片，调皮地吐了吐舌头。

“挺重要的人”，这样的修辞让江桂明心里分外妥帖受用，他又和女孩眉开眼笑地聊了会天，直到站在外面的编辑们来敲门，才连忙结账。

女孩死活不收，江桂明硬塞到她手里，他知道二十几岁的人创业不易。并且，虽然比不上孟帆，但他也想为自己的初恋做一点微不足道的事。

两人道了别，江桂明步伐轻快地走向门口，门楣的风铃“叮咚”响了一声，身后的女孩轻轻地叫住他。

“哎，江明！”

“嗯？”江桂明微微转过身。

“你以前不是不喜欢‘桂’吗？可我一直觉得很好呢！”女孩指了指门口的招牌。

“现在很喜欢。”江桂明望着她，声音响亮地说。

“是吗？那太好了。”女孩笑了起来。

那天开车回家的路上，江桂明都在想女孩最后的微笑，温和、明朗、纯粹，宛若十几岁坐在他旁边时那样，是经历生活的沧桑后难得的笑颜。也许曾经懵懂的情愫也给她留下了不可言说的缱绻，只是他永远不会知道了。就像那个女孩不会知道，在她手中的这张让她确定店名的“桂”字卡片，仅仅起源于她自己随手画在学生证上的一个圆圈。

人生就是这么奇妙，辗转成缘。

其实所有的故事都可以分成两种，自己看到的，和别人看到的。同样走过的时光，却可能留下不同的回忆。而只有初恋爱，不管是自己还是别人，不管是知道还是不知道，不管是死亡还是微笑，大抵都是温暖美好的。

手机的记事提醒响了起来，上面写着“孟帆祭日”，转眼一年就过去了。他睡着，而他们还醒着；他爱过，而他们还爱着。

江桂明想，明天他要去看看孟帆，然后在那里等着，直到看见温静。他一定要给她讲关于“桂”的故事，然后告诉她，每一个人都有一个初恋爱的故事。因为被那样珍惜地爱过，所以才会还想去爱。

他不贪心，只要一次，一次就好。

番外之　兰

晓兰是在傍晚的时候才抵达墓地，孟帆的墓碑旁放着两束花，碑文被重新描过了，连尘土都擦得干干净净。没有什么事情需要她来做，晓兰百无聊赖地坐在地上，直视着孟帆的名字，觉得自己有点儿多余。

她知道她会来，她也知道自己万分不愿意碰见她。

然而她不愿意并不算什么，在地下沉睡的这一位，心里一定是愿意的。

确切地说起来，与孟帆交往，是晓兰单方面努力的结果。

孟帆吟诵《first love》的那天，晓兰坐在教室的最后一排。诗歌以“my heart has left its dwelling-place/and can return no more”结束，也就是从那一刻起，她的心飘然而去，再不复返。

少年脸上沉寂的神情，与缥缈的英文发音一起构成了独特的静谧气场。想来可笑，最初吸引晓兰的，其实就是孟帆的初恋，只是她那时并不知道而已。

“孟帆，你喜欢我吗？”

“啊？”

“好吧，那至少不讨厌吧？”

“嗯！”

“那么能拉我的手么？我们宿舍的人都在后面看着呢，我不想告白之后太丢脸，一定会哭的。”

“你……别哭……”

晓兰趁机拉住了他的手，他的指尖微凉，晓兰不自觉地握紧了一些。身后同宿舍的女孩开始尖叫着起哄，孟帆有些不好意思地垂下头，晓兰高兴地比起了V字手势。她想这样的男孩是可以携手一生的，哪怕是她主动又怎样？她只是愿得一人心，白首不相离。

孟帆是绝对的优质男友，陪她上课上自习，一起去食堂吃饭，帮她去水房打热水，周末拎着她的行李送她回家。情人节会准时送花，每年生日都有不同的礼物，不和其他的女孩暧昧纠缠，连QQ密码都不瞒她。

这样令旁人艳羡的男孩，晓兰自然也是分外满意的。她喜欢听别人夸赞孟帆，这昭示着自己的幸福。只是她有不能示人的隐痛，她知道，孟帆心里有一个遥远却缱绻的梦，梦的名字就叫作初恋。

孟帆从未向她主动提起，也没有留下蛛丝马迹。只是女人有天生的敏锐，她不能控制男人的心始终忠于自己，却能发觉那个角落里藏着别人。

“你还惦记着她吗？”

“谁？”

“你的初恋。”

“心里有一块地方放着她吧。”

“哦。”

说这些话时，他们坐在学校的小花园里。孟帆抬起头，看着天空的月亮。快到十五了，月半圆，散发出皎洁的光，照在孟帆脸上明亮，照在晓兰脸上冰凉。

那一刻，晓兰觉得，他的初恋分明是最刻骨铭心的爱情。

她很想知道那个女孩是谁，长什么样子，他们之间发生了怎样的故事。他对她也是这么无微不至吗？也会替她打水打饭？也在雨夜撑伞送她回家吗？

但是她没有问，有些事情了解清楚了，未必可以重新开始，相反的，也许恰恰就是落幕尾声。

爱情难以量化，不能称重。也许因为是自己先执拗地伸出了手，晓兰总觉得自己怯懦一些，卑微一些。至少没有最初的那个人爱得理直气壮，爱得刻骨铭心。

她是他的梦，是展不开的结，是青春的无悔，是心口的朱砂，而自己又是什么？

每每想到这个问题，晓兰都不敢去假设答案。她想，日子久了，孟帆总会给她一个答案的。

然而，她最先等来的却是《夏旅》杂志上关于那个女孩的一篇文章。

就像是偷窥到了孟帆私密的日记，阅读时她的手在发颤，心里更是七上八下，脑子直发蒙，一行字要看两三遍才能读懂意思。

她渐渐明白，孟帆的初恋虽然是深刻的爱，但也是没能言说的情思。他们之间没有任何令她心痛的绮丽情节，不过是一个惦记着，一个忘记了。只是，时至今日还能情真意切地回忆这么微薄的细节，感念那么随意的接触，他岂不是还在爱着？

那天，晓兰第一次和孟帆吵了架，她哭了，即使是哭，也哭得毫无底气。比起记忆中的她，他会心疼眼前的人吗？

孟帆捧起她的脸，静静地看着她的眼睛，替她一点点抹掉眼角的泪。

“我要和你结婚。”

“嗯？”

“我娶你！”

“嗯！”

关于初恋的争执就这么结束了，晓兰仿佛得到了她最想要的答案，但是却又不那么尽兴。

就这样了吗?

不，她觉得还没有完，这远远不是最后。

2008 年的时候，孟帆正式向她求了婚，双方的家长都很满意，老同学们也纷纷祝福。办事的日子是孟帆定的，2009 年 8 月 8 日，因为时间确认得早，晓兰便挑了她喜欢的玫瑰饭店。那段日子她一下子忙碌起来，装修房子，筹备婚礼。虽然辛苦，但她乐此不疲。他的初恋，被石膏线和实木地板给分散开了。

可是阴差阳错的，焦磊给孟帆打了个电话，听得出来，他们班的谁要在奥运那天结婚。同样的日子，相隔整整一年，晓兰自然想到了他的初恋。这是多么深的心意?看着对方幸福之后，才能安心地允许自己幸福。

那晚晓兰离家出走了，她觉得装修也好，酒席也好，都变成了笑柄。她坐在马路边哭着给江桂明打电话，把多少年的委屈通通抱怨出来。那一句“我们完了”，把江桂明吓得不得了。

“我恨初恋！”

“别这么说，谁都有初恋。”

“他是我的初恋，但他的初恋不是我。”

“可是，他要娶的是你。”

“娶”这个字是女孩子最抵挡不了的，想想孟帆说出“我娶你”的样子，晓兰的心刹那间柔软了。她老老实实地跟江桂明说出自己在哪里，没过一会儿孟帆就赶了过来。他是跑着来的，抱住她的时候，胸脯仍在一起一伏。

回去的路上晓兰紧紧拉住了孟帆的手，他的指尖仍然微凉，从最初到现在都是这样。晓兰知道，只差一点点了，她等了那么久的人，会不会与她白首不相离?

《夏旅》上孟帆关于初恋的文章仍在时不时地继续，他们的婚期也慢慢接近了。4 月槐花开得正盛，孟帆说要去槐荫区拍照片，不会很久，顶多两天就回来。晓兰正在为选礼服而发愁，忙着在各个网站的婚嫁板块上筛选，以至于他出门时都没来得及像往常一样叮嘱他路上小心。

拍完照片的那天晚上，孟帆给晓兰打了电话，他第一次谈起了自己的文章，关于初恋。

“这是最后一篇。”

“哦。”

“晓兰，对不起。”

“你回来再说吧！”

“好，等着我。”

“我等你很久了。”

话语稀疏，但彼此都心领神会。孟帆说对不起时晓兰忍不住落泪，她想，这一次终于等到了尽头。

然而那是她最后一次听见孟帆的声音，她永远不知道，孟帆还会跟她说些什么了，她的等待因他的死亡变成无期。

葬礼上来了一些他的高中同学，晓兰知道，那个女孩就在其中。苏苏哭得最伤心，而默默凝视孟帆的温静却让她产生了奇异的感觉。于是在葬礼结束后，她走过去询问。温静慌忙否认，看起来并不像在撒谎。

接到温静的电话，得知苏苏并没有结婚，晓兰隐隐感到了蹊跷，重新看完孟帆遗留的杂志，她了悟了全部的秘密。提示温静去找江桂明时，她就已经知道他们最终会找到怎样的结果了。

他虽然死了，但是她要让他的初恋爱在被遗忘的时光里永生。

这是她能为他做的最后一件事，是等待落空后，她擅自设定的结局。

担心孟帆的离去给她太大的打击，晓兰的妈妈开始四处张罗着让她相亲。她无从选择，还能如何？死去的总是死了，他止步于他们的婚期，而活着的却还要活着，后面的10年、20年、30年……注定没有他的陪伴。

见了一些男人，没一个给她特别的感觉。妈妈说这个很内秀，其实不过是木讷的人；妈妈又说那个很活泼，但看上去俨然是个花花公子。妈妈生起气来，说这世界上没有孟帆了，人已经死了，你的心不要也跟着一起死了。晓兰不说话，她明白得很，只不过那个人还在她心里魂牵梦萦。

多数的男人领教了晓兰的冷淡，都知难而退了。只有一个，看起来很孩子气的男孩，苦苦追求她。他与孟帆截然不同，从没见过那么厚脸皮的人。

一到周末男孩就找她来看电影，知道她总是拒绝，便想出一大堆不相干的理由。看柯南剧场版的时候，他说："因为女主角和你名字相同。"

强忍着不耐烦的晓兰却被电影中的小兰感动了，小兰说："因为等得越久，重逢时就越幸福。"她一下子就哭了出来，无法抑制地号啕痛哭。

等了那么久，终于等到一心人，等到他将要来主动牵住她的手共度一生时，却没能白首不相离。

在全场观众的愤懑中，那个男孩始终紧紧抱着她，他没有多问，只是轻抚她的后背小声说："好了，没事了，乖。"

孟帆去世之后，她第一次哭得这么肆无忌惮，这么痛快，而且，并不寂寞。

晓兰还在墓碑前愣着神，在停车场停好车的男孩跑了过来，他一把拉起坐在地上的晓兰，数落她的不经心，啰啰唆唆地叮嘱她，女孩子不能往地上坐，会受凉。

晓兰想插嘴，说有你在我身边就不冷，但是他却说个不停，她只好换个一定会让他停下来的话题。

"爱上你了，怎么办？"

"像初恋爱一样好好爱！"

"你会怎么爱我？"

"像初恋爱一样好好爱！"

男孩挥舞着手里的杂志，笑得十分灿烂。那是最新一期的《夏旅》，他知道她每期都买，就先替她买好了。封面上最醒目的文字是金薇薇一直在做的专题——《初恋爱——寻"孟"之旅》。

晓兰笑了，男孩拉住了她的手，他的手心很热，握得也很紧。两人默契地一起回转过身，影子遮住了孟帆的墓碑。

那一刻，晓兰在心里跟孟帆道了别。

他是她的初恋爱，她最清楚初恋爱是什么样的感觉。

所以，她要像初恋爱一样好好爱，就像孟帆曾经对她那样。

2014 年 12 月全国发售

九夜茴最新长篇小说

《匆匆那年》姐妹篇

曾少年

最后的青春史诗

年华中，他们历历在目

老去之前，再读一遍我们的青春

“这大概是我最后一部青春文学了，还没想好怎样变老，就先去说说我们年轻时的那些故事吧。”

“这部小说几乎写了我成长中遇见的所有人和他们至今为止的所有人生。”

“他们都曾少年。”

——九夜茴

2015年1月全国发售

【长篇小说】

《花开半夏》

花开半夏时　爱葬于别处

有些爱
始于唇齿，掩于岁月
止于轻狂，开于半夏

作者：九夜茴
定价：29.80元
出版社：江苏凤凰文艺出版社

真实大案，一段1999年的少年往事。

故事很长很长。

从出生到死亡，从年少到苍老，从善良到凶残，从忠诚到背叛，从正义到邪恶，从守护到杀戮，从纯爱到原罪，从判罚到救赎，从爱到恨……

也许怀念的人能看见。也许忘记的人能看见。也许灵魂能看见。也许凶手能看见。也许经历的人能看见。也许悔恨的人能看见。

也许如画和如风能看见……

《匆匆那年》后，九夜茴经典纯爱之书